오픈런
대학로

대학로 소극장 거리의
탄생과 흥망성쇠

오픈런
대학로

대학로 소극장 거리의
탄생과 흥망성쇠

이 민 우

인문MnB

| 들어가며 |

    본 책은 2020년 한국출판문화산업진흥원에서 주최한 '길 위의 인문학' 프로젝트에 1차로 선정되어 발표한 결과물을 보완, 수정하여 다시 책으로 엮은 것이다.

    '연극'만큼 '길 위의 인문학'에 적합한 주제가 또 있을까 싶다. '연극'이란 텍스트로 존재하는 인문학을 '극장'이라는 '길 위의' 물리적 공간에서 구현하는 것이기 때문이다. 그런 점에서 한국 연극을 대표하는 대학로의 역사와 현황을 파악하는 것은 우리나라 인문학의 한 형태가 어떻게 '길 위에서' 대중들과 교감하며 영향을 미쳐왔는지를 파악하는 중요한 일이다.

    필자는 그동안 대학로 역사에 대한 연구나 자료 정리가 상대적으로 미비하다는 점에 아쉬움이 컸다. 그런 점에서 이 책은 작게나마 한국 예술의 한 축을 담당하는 '대학로'와 그 공간에서 고군분투하는 연극인들의 역사를 정리했다는 데에 의미가 있다고 생각한다.

작년 2020년은 국립극단 창단 70주년이 되는 해였다. 이에 2020년을 '연극의 해'로 정하고 '2020 연극의 해 집행위원회'가 문화체육관광부의 후원을 받아 다양한 연극 공연과 기념 프로그램들을 기획했었다. 그러나 코로나바이러스라는 생각지도 못한 자연재해를 만나게 되었다. 이로 인해 가뜩이나 젠트리피케이션(Gentrification: 낙후된 구도심 지역이 활성화되어 중산층 이상의 계층이 유입됨으로써 기존의 저소득층 원주민을 대체하는 현상) 등으로 위기감을 호소하고 있던 대학로 연극계는 작년에 이어 현재까지도 어려움을 호소하고 있다.

비 온 뒤에 땅은 더 단단해지고, 기회는 위기와 함께 찾아온다고 한다. 그리고 역사를 통해 앞으로 나아갈 방향을 찾는 게 우리 인간이다. 《오픈 런, 대학로 : 대학로 소극장 거리의 탄생과 흥망성쇠》가 미약하게나마 연극인들에게는 지나온 전철을 복기하며 현재의 위기를 딛고 앞으로 나아가는 일에 참조가 되었으면 하는 희망과 함께 연극을 사랑하는 모든 이들에게 한국 연극이 어떻게 관객들과 소통하였으며 인문학이 무대라는 한정된 공간 위에서 어떤 형태로 구현되었는지 보여주는 길잡이가 되었으면 하는 바람이다.

　《오픈런, 대학로 : 대학로 소극장 거리의 탄생과 흥망성쇠》는 대학로의 역사를 '탄생'부터 '발전' 그리고 현재 겪고 있는 '성장통' 순서로 정리하였다. '탄생'에서는 대학로 이전 명동과 신촌 시대부터 다루며 '발전'은 '극단'과 '극장'을 기준으로 하였으며 '성장통' 부분에서는 현재 대학로가 겪고 있는 위기와 이 위기를 어떻게 대처하고 새로운 변화를 시도하고 있는지에 대해 다루고 있다. 그렇다고 극장과 극단들의 연보를 단순 나열하지는 않았다. 무엇보다 여러 극단의 대표님들과 선생님들의 인터뷰를 통해 현장의 생생함과 연극인들의 예술을 향한 고뇌와 참모습을 전달하고자 노력하였다. 역사적 연도와 구체적 수치를 통한 '정량적 접근' 외에 연극인들의 생생한 목소리를 들을 수 있다는 점에서 '정성적 접근'도 취한 의미 있는 작업이라 할 수 있다.

마지막으로《오픈런, 대학로 : 대학로 소극장 거리의 탄생과 흥망성쇠》출판을 진행하는데 도움을 주신 한국연극협회, 서울연극협회, 한국소극장협회에 감사드리며 한국소극장협회장 임정혁 회장님과 최윤우 사무국장님 그리고 인터뷰에 응해 주신 여러 극단 대표님들과 선생님들께 다시 한 번 감사의 인사를 드린다. 늘 많은 조언과 든든한 힘이 되어 주는 출판사 ㈜인문엠앤비와 이노나 대표님 그리고 유한근 선생님께도 감사의 뜻을 전한다. 안타깝게 이번 인터뷰에 응해 주시지 못한 여러 연극 극단 대표님들과 선생님들 그리고 이번 프로젝트에 혹여나 다뤄지지 않거나 기대보다 작게 다루어진 극단들에게 죄송하다는 말씀과 함께 추후 다시 뵙기를 청하는 바이다.

2021년 11월
이민우

| 차례 |

들어가며 … 4

1. 대학로 소극장 거리의 '탄생'

소극장 거리 '탄생' 이전의 대학로 … 12

명동과 신촌시대 … 15

그리고 대학로 … 21

[인터뷰] P 씨, 성균관대 77학번 국문과 … 29

2. 대학로 소극장 거리의 '발전' : 극단들

번역극을 주로 하다 … 40

[인터뷰] 기국서, 극단 76 대표 및 연출가 … 45

창작극을 주로 하다 … 54

[인터뷰] 최용훈, 극단 작은신화 대표 및 연출가 … 59

3. 대학로 소극장 거리의 '발전' : 극장들

극장과 거리 … 76

[인터뷰] 전 훈, 극단 애플씨어터·안똔체홉극장 대표 및 연출가 … 79

극장과 극단 … 91

[인터뷰] 손기호, 선돌극장 및 극단 이루 대표 ··· 95

[인터뷰] 최진아, 극단 놀땅 대표 및 연출가, 희곡작가 ··· 107

4. 대학로 소극장 거리의 '성장통'

대학로의 위기 ··· 120

[인터뷰] 정재진, 연극배우·前 극단 대학로극장·대학로극장 대표 ··· 123

새로운 시대와 변화 ··· 137

[인터뷰] 유인수, 극단 연우무대 대표 ··· 141

5. 대학로 소극장 거리의 전망과 과제

대학로 소극장 거리의 전망과 과제 ··· 162

[인터뷰] 임정혁, 한국소극장협회 협회장 및 극단 동숭무대 대표 ··· 165

맺으며 ··· 180

참고문헌 ··· 182

1. 대학로 소극장 거리의 '탄생'

- 소극장 거리 '탄생'이전의 대학로
- 명동과 신촌 시대
- 그리고 대학로

소극장 거리 '탄생' 이전의 대학로

　대학로는 조선시대 성균관(지금의 성균관대학교)이 있어 '가르침을 높이 여긴다'는 뜻으로 '숭교방(崇教坊)'이라 불렸고 이 숭교방은 조선 한성부(漢城府)의 행정 구역인 동부(東部) 12방(坊)의 하나로서 예전에도 결코 작은 구역이 아니었다. 현재 우리가 보통 '대학로'라고 부르는 지역은 넓게는 혜화동 로터리부터 이화동 사거리 사이, 좁게는 지하철 4호선 혜화역 인근으로 1914년 일제 강점기 경성부 동명 제정 때 '동숭동(東崇洞)'으로 불리기 시작했다. 이는 숭교방 동쪽에 위치해 있다는 의미로 보통 사람들 사이에서 백동(柏洞) 즉, 잣골로 불리었다. 대한제국 시절 공업 전습소(工業傳習所: 현재의 공업 고등학교)가 있었던 동숭동은 일제 강점기 시절, 경성의학전문학교(京城醫學專門學校)가 자리한다. 경성의학전문학교는 1924년 경성제국대학(京城帝國大學)으로 발전하는데 당시 경성제국대학은 식민지에 세운 대학이지만 일본 본토 다섯 개 제국대학을 잇는 여섯 번째 제국대학이었다.

　'조다이'(일본어: 城大)라고 줄여 불렸던 경성제국대학은 후에 서울대 의대를 비롯한 서울대 캠퍼스로 발전한다. 경성제국대학 본관은 해방 뒤에도 철거되지 않은 채 서울대학교와 문예진흥원으로 사용되었고 2010년부터는 '예술가의 집'으로 쓰이고 있다. 당시 법문학부 건물은 해방 후 헐려 현재 아르코 미술관으로 바뀌었으며 지금의 마로니에 공원은 원래 본관과 법문학부 건물 사이의 마당이었다. 지금은 복개되어 도로로 사용되고 있지만 그 앞에 '세뇨강'으로 불린 개천이 하나 존재하였다. 서울대가 있던 당시 술 취

마로니에 공원의 상징, 마로니에 나무, 사진 이민우

한 대학생들이 그 개천에 하도 오줌을 많이 누어 '세뇨강'이라 불렀다는 설이다.

'대학로'라는 명칭은 이곳에 서울대 문리대가 있었기에 처음에 '문리대길'이라고 불렸다가 차츰 '대학로'라 불리게 된 것이다. 1975년 서울대가 지금의 관악산으로 이사를 가면서 갑작스레 텅 빈 공간이 되어버렸고 몇 년 후 문예회관을 비롯하여 하나둘 소극장들이 생겨나면서 지금 현재 우리가 알고 있는 대학로의 모습으로 변하게 된다.

참고로 대학로의 상징인 마로니에 공원의 이름은 공원 가운데 크게 자리하고 있는 '마로니에 나무'에서 비롯된 것인데 경성제국대학시절 미학자였던 우에노 나호테루(上野直昭) 경성제국대학 법문학부 교수가 지중해에서 구해다 심었다고 한다.

명동과 신촌 시대

　우리는 아주 오래전부터 연극을 즐겨왔다. 다만 서양과 달리, 우리나라는 희곡 중심이 아닌 야외 놀이로 연극의 개념이 자리 잡았다. 따라서 연극 공연을 위한 극장이 따로 존재하지는 않았다. 극장이라고 이름 붙일 만한 공연장이 처음 생겨난 것은 1902년, 지금의 광화문 새문안교회 자리에 생긴 협률사(協律社)이나 당시 고종 황제 등극 40주년 기념 행사를 위해 지은 임시적인 성격의 극장이다. 따라서 '최초의 극장다운 극장'으로 많이 언급되는 곳은 1908년, 당시 대한신문 사장이었던 이인직(李人稙, 1862~1916)이 이완용과 협력해 협률사 자리에 창립한 원각사(圓覺社)이다. 이인직은 이곳에서 자신의 작품 《은세계》를 각색, 상연한다. 원각사가 1914년 화재로 소실된 후 연극인들은 1922년 인사동에 세워진 조선극장(朝鮮劇場)에서 공연을 주로 하게 된다. 당시 조선극장에는 2층을 오르내리는 엘리베이터가 있었는데 한 번 타려면 5전씩 내야 했다. 엘리베이터가 생소했던 그때, 이 엘리베이터를 타기 위해 일부러 극장에 오는 사람들도 있었다고 한다. 이 조선극장도 화재로 소실되는데 극장에서 상영한 무성영화에 나온 화재 장면을 보고 감화를 받은 한 시골 총각이 똑같이 따라 해본 어처구니없는 결과였다.

　1935년 서울 서대문 충정로에 동양극장(東洋劇場)이 생긴다. 홍순언 부부에 의해 만들어진 이 동양극장은 우리나라 최초의 '연극 전용 극장'으로서 그 의미가 크다. (해방 이후 영화관으로 성격이 바뀌었고 경영난으로 76년 폐관) 당시 서울 구경을 나선 시골 사람들은 동양극장 연극을 한두 편을 관람하고 나서야 서울 구경을 했다는 보람을 찾을 수 있었다고 한

동양극장. 출처:위키피디아

다. 당시 동양극장은 최초의 연극 전용 극장이라는 타이틀 외에도 개런티 지급에 있어서도 오늘날 대학로 극단들도 쉽게 하지 못하는 시스템을 도입했는데 우선 고정 월급제를 도입해 소속 단원들이 연극 활동에만 전념할 수 있게 함과 동시에 인기와 그 능력에 따라 추가로 차등 지불하는 방식으로 당시 최고 스타였던 황철, 차홍녀, 심영 등에게는 2백여 원을, 무명 배우에게는 30원 정도의 월급을 지급하였다 한다. 하지만 동양극장은 상업주의를 지향했고 사실상 신파극 위주의 공연만을 선보였기 때문에 정통 사실주의 연극만을 고집했던 사람들은 하나같이 동양극장 연극을 저질 신파극이라 비판하기도 했다. 당시 서울 외 지역에도 함흥의 '동명극장', 평양의 '제일관', 대구의 '만경관' 등에서 한국 연극이 무럭무럭 성장하고 있었다.

　1959년 서울 을지로2가 4번지에 헌병 사령부 건물이었던 것을 개조해 '원각사'가 다시 부활하게 된다. 앞서 언급한 이인직의 '원각사'를 계승하겠다는 취지로 극장 이름도 원각사로 지은 이 소극장은 당시 공보부가 제공한 최초의 소극장이자 민간단체를 위한 유일한 발표 무대였다. 1959년 1월 18일자 《경향신문》에는 부활한 원각사를 다룬 다음과 같은 기사가 실린다.

"색동저고리를 입혀놓은 듯 곱게 단장한 원각사라는 극장이 을지로 2가 4번지에 자리잡고 지난 12월 22일부터 1월 10일까지 20일 동안 다채로운 개관 예술제를 베풀어 성황을 이루었는데 특히 외국 사람들의 관람이 많았다. (중략) 그동안 국악, 창극, 민요, 고전무용, 교향악, 관현악, 합창, 독창, 독주 등 우리나라 고래의 예술을 소개하는 한편, 현역 각 분야 예술인들의 실력을 총망라하여 과시하였다."

하지만 '원각사'라는 이름 때문이었을까. 을지로에 새로 생긴 원각사도 이전의 원각사와 똑같이 1960년 12월 5일, 화재로 전소되는 운명을 맞이한다. 대기실에 설치된 전기난로 과열이 원인이었다.

우리가 현재 대학로에서 접할 수 있는 소극장 형태는 1969년 명동에 처음 나타난다. 명동 사보이 호텔 근처에 '카페 떼아뜨르'가 문을 연 것이다. 극단 자유극장을 만든 무대미술가 이병복이 직접 설계한 이 카페는 '우리나라 최초의 민간 소극장'으로 불린다. 프랑스 유학파였던 부부는 파리에서 접한 소극장 문화에 큰 감동을 받아 귀국하여 연극 전용 소극장을 만들었는데 찻집을 겸한 살롱형 소극장이었던 카페 떼아뜨르는 객석이 겨우 80석에 불과한 작은 극장이었다. 당시 서울에서 연극을 할 수 있는 곳이라곤 명동

1960년 원각사 화재, 출처 연합아카이브 'e-영상 역사관'

국립극장과 남산 드라마센터 두 곳 뿐인 상황에서 이 카페 떼아뜨르는 연극인들에게는 너무나 귀중한 단비 같은 존재였다. 하지만 '선구자의 운명'이라고 해야 할까. 아직 소극장 문화는커녕 연극이라는 예술에 대한 경험이 생경했던 70년대. 카페 떼아뜨르는 지자체와 경찰로부터 공연법과 보건법 위반으로 자주 영업정지를 당하다가 결국 1975년 11월에 폐관한다.

카페 떼아뜨르가 명동에 뿌린 씨앗은 죽지 않고 자라나 결실을 맺었다. 이듬해인 1976년 연출가 이원경이 삼일로 창고극장을 열었고 이어서 엘칸토 소극장까지 생기며 명동은 1970년대 중반 한국 연극의 중심지가 된다. 이어서 정동의 연극인회관, 충무로의 창고극장이 생기며 서울의 소극장은 명동에서 뻗어나가 점차 그 수가 증가하게 된

운니동 실험극장.
일제강점기 동안 운현궁 행랑 자리에 여러 건물이 들어섰다가 서울시 운현궁 복원 사업에 따라 정비되었다.
출처:위키피디아

다. 명동이 아닌 곳에서 가장 화제였던 곳은 지금 운현궁 자리에 있던 종로 운니동 실험
극장이다. 1960년 서울대·연세대·고려대 연극회 회원들이 주축으로 창단된 극단인 실
험극장은 1960년 11월 27일 동국대학교 소극장에서 창립 공연을 가졌다. 외젠 이오네
스코(Eugene Ionesco)의 《수업》이라는 작품이었는데 부조리극을 공연했다는 이유로 기성
극단과는 차별되는 '실험' 정신을 가졌다는 평가를 받았다. 그리고 75년 9월에 종로 운
니동 운현궁에 전용 소극장을 마련하고 개관기념 공연으로 레빈 피터 쉐퍼(Levin Peter
Shaffer) 작 《에쿠우스》를 공연, 큰 화제를 불러일으키며 최초로 예매제도를 도입하였고,
관객 1만 명 돌파의 장기 공연을 기록하며 소극장 운동의 효시가 되었다.

　　종로 운니동 실험극장 외에도 신촌 인근 홍대에 산울림 소극장이, 종로3가 피카디리
극장 5층에는 미리내 소극장이 개관하며 명동 외에 서울 여러 군데에 소극장이 생기기
시작한다. 그중에서도 신촌이 명동에 이은 '연극의 메카'로 떠오르기 시작하였는데
1970년대 '민예소극장'과 '76 소극장' 등이 생기기 시작했고 이후 1980년대 초중반까
지 '우리마당', '말뚝이', '신선', '연우' 소극장들이 계속해서 생기며 신촌에 지금의 대학

로 같은 소극장 거리가 형성되게 된다. 아마도 연세대-서강대-이화여대로 연결된 대학
가이면서 당시로써는 서울에서도 젊은 사람들이 몰려와 즐기는 몇 안 되는 번화가이었
기에 당연한 결과였을지도 모른다. 더불어 대학가라는 것이 새로운 극단의 출현에도 영
향을 주어 이 '신촌 시기'에 서울대 학생들이 만든 '연우무대'와 서강대 학생들이 주축
이 된 대학 연극 동아리 연합체인 '작은신화'가 탄생한다.

그리고 대학로

소극장 역사에 있어서 1970년대를 '신촌 시대'였다고 한다면 1980년대부터는 '대학로 시대'라 할 수 있다. (소극장 역사에 있어서 신촌 시대와 대학로 시대라고 두부 자르듯 딱 구분하는 것이 가능하지 않을지도 모른다. 흐름이라는 것은 서로 겹쳐서 이어지고 흐르며 변하는 것이기 때문이다. 그리고 엄연히 따지면 80년대 중후반까지는 신촌에 극단과 극장들이 더 많았다. 하지만 70년대와 80년대가 다른 성격과 정책을 가진 군사정권으로 나뉜다는 점, 무엇보다 현재 대학로가 처음 계획되고 추진된 것이 80년대부터이기 때문에 편의상 70년대를 '신촌 시대', 80년대를 '대학로 시대'로 나누었다)

대학로가 지금의 '연극의 거리'로 조성되기 시작한 계기는 1975년 지금의 마로니에 공원 인근에 자리잡고 있던 서울대 캠퍼스가 의과대학을 제외하고 (서울대 의대는 현재 서울대학교 병원과 함께 그 자리를 계속 유지 중이다) 관악산 기슭으로 옮겨진 것에서 출발한다. 당시 정부 주도로 추진된 이 서울대캠퍼스의 관악산 이전은 당시 군사정권에 대항해 대학생 주도의 반(反)정부 시위가 연일 계속되자 대학생 시위의 가장 큰 축이던 서울대를 물리적으로 강(江) 이남으로 옮겨버린 것이라는 게 현재까지의 정설이다. 1975년 서울대가 관악산으로 이전하고 1981년 현재 '아르코(Arko)'라는 이름으로 더 많이 불리는 한국문화예술진흥원이 대학로에 자리를 잡으면서 대학로는 점차 예술인들이 모이기 시작하는 공간으로 바뀌게 된다. 아르코 건물은 건축가 김수근(金壽根, 1931~1986)의 작품으로 그의 다른 작품들처럼 붉은 벽돌로 마감하고 창문과 문에 계단식 장식을 한 특징을 가지고 있으며 현재까지 대학로의 상징과도 같은 건물이다. 그 후 충무로에 있었던 연극인

아르코예술극장, 사진 이민우

회관이 이름을 문예회관으로 개칭해 대학로로 이사 오면서 이 '붉은 벽돌' 아르코 건물에 입주하게 된다. 이를 계기로 지금까지 대학로는 연극인들이 한데 모여 어울리는 거리가 되었다.

대학로는 '연극'뿐만 아니라 '한국 현대 건축'의 전시장과도 같은 곳이기도 하다. 아르코와 함께 대학로를 상징하는 샘터 사옥은 역시 김수근이 지은 것으로 앞서 언급한 아르코 건물과 함께 1970년대까지 유행했던 권위주의적 양식(대표적인 극장이 장충단 국립극장 건물이다)을 탈피한 초창기 한국현대 건축물로 꼽히기도 한다. 삼각형 땅 위에 효율을 극대화한 독특한 형태의 예전 '학전 그린'이 있었던 무애 빌딩(지금은 '예그린 씨어터'가 들어가 있다)은 정기용(1945~2011)의 작품이며 '문화공간 필링'과 '목금토 갤러리'가 있는대학로 문화공간은 승효상(1952~)의 작품이다. 이렇듯 대학로는 연극뿐만 아니라 건축 등 '길 위에' 다양한 '문화적, 인문학적' 진화가 발현된 곳이다.

드디어 대학로에 '소극장'들이 들어온다. 1984년 샘터 파랑새극장, 1986년 바탕골 소극장, 그리고 1987년 연우 소극장과 대학로극장이 생긴다 . 한적한 주택가였던 대학로에 본격적인 소극장 문화가 형성되기 시작한 것이다. 1987년 신촌에서 활동하던 연우무대가 혜화로터리로 이사를 오고 역시 신촌에서 활동하고 있었던 극단 민예가 마로니에 소극장을, 극단 76이 76 소극장을 대학로에 세우면서 극단 사무실과 소속 연극인들 전체가 대학로로 둥지를 옮겨오고 된다.

'아룽구지 소극장', '성좌 소극장', '혜화동 1번지' 등 연극 전용 극장들이 추가로 생겨나며 그 안에서 새로운 연극과 시도들이 일어나게 되고 어느순간부터 '소극장 연극'을 보기 위해서는 신촌이 아닌 대학로 동숭동으로와야 했다. '명동'에서 시작된 소극장 공연의 메카가 1970년대 '신촌'에서 1980년대 지금의 '대학로'로 넘어오는 순간이다.

문예회관이 대학로로 이사 오고, 많은 극장들이 생기고, 무엇보다 신촌에서 대학로로 극단들이 옮겨온 가장 큰 이유는 정부 주도로 대학로를 의도적 계획─육성했기 때문이다. 우선 '대학로'가 지금의 '대학로'라는 이름을 얻게 된 것은 1985년으로, 그동안 은어처럼 사용되던 '대학로'라는 호칭이 정식 명칭이 된 것이다. '젊음과 낭만이 넘치는 거리' 조성이 표면적인 이유였으나 당시 3S(Sex, Screen, Sports) 정책 등 과감한(?) 문화정책을 추진하던 전두환 정권은 또 다른 문화정책 수단으로 연극을 활용했고 앞선 박정희 군사정권을 향한 대학생들과 젊은 예술인들의 저항을 목격한터라 다른 방식으로 이들을 통제할 필요성을 느낀 것으로 여겨진다. 박정희 군사정권이 1975년 서울대 캠퍼스를 관악산으로 옮긴 데 이어 80년대 뒤이은 군사정권이 '대학로'라는 명칭을 공식화하고 '문화정책'의 일환이라는 명목하에 문예회관을 대학로로 옮기면서 대학로를 '의도적'으로 연극을 하기 위한 공간으로 환경을 조성한 것이다. 즉, 대학로는 그 토대와 시작 모두 아이러니하게도 군사정권이 산파 역할을 한 것으로 볼 수 있다. 서울대가 이전한 이후 허허벌판이던 지금의 혜화역 주변 대학로에 예술단체들을 이전시키고 '대학로'라고 명명한 것 이외에도 당시 군사정권은 법 개정에도 손을 댄다. 81년 공연법을 개정하여 공연에 대한 기준을 완화시켜 예전보다 극장을 만들고 운영하는 것을 훨씬 수월하게 했다. 이 영향으로 80년대 이후 소극장들이 대거 등장하기 시작했다.

특히 1985년은 '대학로'라는 공식 명칭이 사용되기 시작한 해이지만 대학로 거리를 '차 없는 거리'로 지정한 해이기도 하다.(매주 토요일·일요일은 차 없는 거리로 지정했으나 89년에 해제되었다) '차 없는 거리'는 당시로써는 파격적인 정책으로 상업화가 아직 일어나기 전의 대학로였기에 가능했던 일이기도 했지만 동시에 대학로라는 지역을 고의적으로 문화예술 중심 지구로 묶어 놓기 위한 의도가 다분히 들어간 정책이라고 봐야 할 것이다. 물론 1980년대 신군부가 '통금 조치'를 풀면서 대학로에 자연스레 사람들이 모이기 시작한 것도 대학로가 신촌 못지않은 젊은이들이 가득한 번화가가 된 이유 중 하나이지만 이 역시 의도적인 조치라고 볼 수 있다. 1970년대 군사정권에 의해 탄생하게 된 '대학로'는 1980년대 다른 군사정권에 의해 전성기를 맞이하게 된 것이다.

'대학로'로 극단들이 옮겨오고 소극장들이 대학로에 하나둘 생기게 된 또 다른 이유는 경제적인 것이다. 현재도 젠트리피케이션(gentrification: 낙후된 구도심 지역이 활성화되어 중산층 이상의 계층이 유입됨으로써 기존의 저소득층 원주민을 대체하는 현상을 가리킨다)이 서울 및 여러 도시 지역에서 문제가 되고 있지만 이는 비단 2021년 오늘만의 문제는 아니다. 사실 연극 극단을 비롯한 여러 예술 관련 단체들의 가장 큰 고민은 '경제적인 문제'일 것이다. 단체를 유지하고 예술 작품 작업을 진행하는 데 있어서 공간적, 현실적 제약으로 가장 크게 겪는 것은 현실적으로 '돈' 문제이기 때문이다. 연극의 경우, 처음에는 예상 관객층을 고려하여 유동인구가 많고 상대적으로 젊은이들이 많은 지역에서 극장을 운영하려 하지만 동시에 그런 지역은 이미 상권이 발달한 곳이며 자연히 높은 임대료를 감당해야 한다. 소극장이 처음 태동했다고 볼 수 있는 명동과 70년대 극단들이 생겨나며 소극장들이 자리를 잡았던 신촌은 서울에서도 거의 첫손가락에 꼽힐 정도로 가장 오래된 상업지구이자 유흥지구이기도 하다. 아직 연극에 대한 수요가 많지 않았던 시기, 동시에 임대료가 아직은 비싸지 않았던 때, 극단들이 그나마 유동인구가 많은 명동이나 신촌을 터전으로 잡긴 했으나 필연적으로 다른 곳으로 극장을 옮길 수밖에 없는 운명이었다. 임대료 및 월세에 의한 예술가 및 예술가 집단이 근거지를 계속 옮겨 다녀야 하는 것은 단순히 지금의 문제만은 아니다. (임대료 상승 문제에 대한 견해 중 민주화 운동에 나름 도구 및 기폭제 역할을 하는 극단들을 못마땅하게 여긴 당시 군사정권이 우회적으로 건물주들을 압박하여 자연스레 극단이 그 지역을 떠나게 하거나 극단이 해체되게끔 한 공작의 영향이라는 의견이 있으나 객관적으로 입증하거나 확인된 바는 없다)

그렇게 1980년대 후반까지 대학로에 극장들이 들어서고 극단들이 생겨나고 이사를 오면서 대학로는 연극의 새로운 메카로 모습을 갖춰나가기 시작한다. 그리고 90년대를 맞이하게 된다. 90년대는 '대학로의 전성기'로 극장 당 평균 유료관객이 6~70%를 상회할 정도였다. 단순히 관객들의 많은 호응과 평단의 지지를 넘어 엄청난 흥행으로 막대한 수익이 창출되는 일이 일어나게 된다. 대표적인 극장이 이화사거리에 위치했던 대학로극장(2015년 폐관하였다)으로 92년부터 94년까지 공연되었던 이만희 작《불좀 꺼주세요》는 무려 20여만 명의 관객을 동원하며 90년대 대학로극장의 흥행을 대표하는 작품이 된다.

'전성기'는 상대적인 관점이기도 하거니와 '다 잘 되었다'는 표현 외에는 달리 더 덧붙일 말이 없기에 이 시기는 각 극단과 극장들을 그 특징과 성격에 따라 구분해 정리해서 말하고자 한다. 이는 이 시기가 대학로 연극의 흥행에 고무된 영향으로 더욱더 많은

대학로극장 자리. 지금 식당 아리랑가든으로 바뀌었고 대학로극장 매표소가 있던 자리는 아리랑가든 후문이 되었다.

극단과 극장이 생겨난 시기이기도 하면서 1980년대 신촌에서 건너온 소위 '1세대' 극단들과 다른 대학로 태생의 '2세대' 극단들이 선배들의 품에서 벗어나 하산(下山)하며 탄생한 시기이기도 하기 때문이다. 그만큼 많은 극단들과 극장들이 새로 모습을 드러냈고 많은 숫자만큼이나 다양한 개성과 특징을 가지게 되었다

P씨, 성균관대 국어국문학과 77학번

"연고전 말고
서성전(서울대-성균관대)이라고 들어보셨나요?"

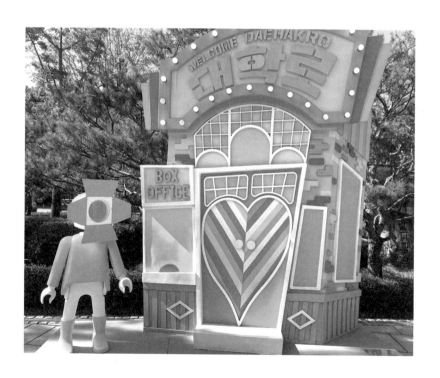

안녕하세요. 이렇게 인터뷰에 응해주셔서 감사합니다.

저는 현재 '대학로 소극장 거리의 탄생과 흥망성쇠'를 주제로 대학로 소극장 거리의 역사에 대해 인터뷰를 하며 글을 쓰고 있습니다.

실례지만 선생님에 대한 소개 부탁드리겠습니다.

반갑습니다. 저는 성균관대 77학번 국문과 출신으로 현재는 평범한 가정주부입니다.

(편집자 주. 요청에 의해 성명과 구체적 신상은 밝히지 않기로 한다)

80년부터 82년까지 삼중당 출판사 편집실에서 일했고 84년부터 88년까지 《주부생활》,《여성조선》등 여성 월간 잡지에서 프리랜서로 일했습니다.

성균관대 77학번이시라면 예전 대학로의 분위기에 대해 많은 이야기를 해주실 수 있으실 것 같습니다. 분명 지금과는 분위기가 달랐을 텐데요.

소극장 공연과 젊은이들의 활기로 가득한 대학로는 예전에 어떤 모습이었나요?

사실 제가 학교를 다닌 70년대 후반은 아직 대학로에 소극장들이 뿌리를 내리기 전으로 알고 있어요. 당시만 해도 연극을 보려면 신촌을 가야 했지요.

제 1년 선배님도 잠시 연우무대에서 활동했었는데 연우무대 역시 신촌에서 공연을 했던 시기로 기억하고 있습니다.

대학로가 지금처럼 소극장의 메카가 된 건 80년대 중반부터이기는 합니다.

그러면 당시 대학로는 구체적으로 어떤 분위기였나요? 지금의 성균관대도 그렇고 당시에는

서울대 캠퍼스도 있었으니까 그때도 번화가의 느낌은 났었을 것 같은데요.

지금의 대학교 앞 '번화가'의 느낌은 아니었어요. 시대상황도 그랬고요.

당시 성대생들은 사실 지금 '대학로'라고 불리는 혜화역 인근에서는 안 놀았어요.

그때만 해도 아직 4호선 지하철도 없었고 밖에서 누가 찾아오는 그런 지역도 아니거

든요.

성대생들은 주로 성대 정문 주변에서 놀았어요.

서울대 의대도 인원이 많은 편이 아니어서 그렇게 북적거리는 분위기는 아니었던 걸로

기억합니다.

그래도 '학림다방' 같은 곳은 당시에도 운영을 했었고 유명하지 않았나요?

맞아요. '학림다방'. 기억이 납니다.

그때 지금의 혜화역 인근은 젊은 대학생들이 가기에는 좀 부담스러웠어요.

'학림다방'도 그렇고 그쪽은 글 쓰는 문인들과 전문 예술가들이 가는 곳?

그런 이미지가 있었어요. 고급스럽고 지적인 지성인들만 모이는 분위기랄까.

무엇보다 학생들 입장에서는 좀 비쌌던 기억도 납니다.

샘터사 건물이 빨간 벽돌에 담쟁이가 있어서 꽤 유명하긴 했어요. 그 샘터사 건물 1층에 카페가 있었거든요. 당시에는 볼 수 없었던 전면이 다 통유리로 된 근사한 카페였어요. 그 통유리 구경하러 간 적도 있었고요. 하지만 비쌌어요.

그래서 한 두 번 가고 못 갔었던 것 같아요.

또 '오감도'라는 가게도 기억이 납니다. 카페였는지 막걸리집이었는지는 가물가물한데 역시 비쌌던 곳으로 기억해요. 교수님들이 자주 가셨던 곳으로 알고 있어요.

교수님들이 거기서 누구 예술가 만났다 누구 학자 만났다 이런 이야기를 하셨던 것 같습니다. 그리고 또 '밀가온'이었나? 솔직히 상호는 기억이 안 나네요. 성대 정문에서 바로 골목길로 들어가면 나오는 작은 막걸리집이었던 것 같아요. 성대 정문 근처에 유독 막걸리집이 많았어요. 막걸리를 주로 먹었습니다. 돈 있는 친구들은 주로 종로에서 많이 놀았어요. 물론 저는 돈 없는 친구에 속했습니다. (웃음)

당시 성균관대 학생들은 학교 정문 주변에서 주로 시간을 보냈나 보군요.

그러면 대학로 말고 다른 곳은 어디를 주로 가셨나요?

그 당시 대학생들이 주로 놀러 가던 곳이 궁금합니다.

저는 명동을 자주 갔었답니다.

그때는 '음악 감상실'이 인기였어요.

명동에는 세종호텔과 샤보이호텔 인근 골목에 '음악 감상실'이 몇 군데 있었답니다. 저는 '필하모닉 음악 감상실'에 자주 갔었어요.

흥미롭습니다.

당시 대학생들의 문화도 궁금합니다.

당시 대학생들은 졸업정원제가 아니었고 제가 졸업한 저희 학교 국문과도 인원이 20명밖에 안 됐었습니다. 인원도 적었고 그만큼 취직도 거의 되는 분위기여서 지금과는 확실히 달랐어요.

그만큼 하고 싶은 이상을 추구하고 자기가 하고 싶은 것을 쉽게 할 수 있던 분위기이기는 했었던 것 같습니다.

하지만 통금이 있었고 다들 아시겠지만 군사독재 시기였기에 데모를 많이 했었어요. 특히 대학로에서 대학생들이 데모를 많이 했죠. 예전에 서울대가 있었고 조금만 더 가면 안암동의 고려대도 가까운 편이어서 각 학교 학생들이 한데 모여서 연합으로 시위 참 많이 했습니다.

어떤 주는 일주일 내내 대학로와 성대 학교 근처가 최루탄 가스로 가득해서 등하교 할 때 입과 코를 막아야 해서 지금 코로나 때문에 매일 마스크를 챙기듯 항상 손수건을 가지고 다녔어요.

데모하니까 아직도 떠오르는 가장 인상적인 장면이 있어요. 제가 3학년 때 성균관대 정문 앞에서 데모하는 학생들과 전경들이 대치하던 날이었어요.

그때는 아무리 악명이 높은 백골단이나 전경들도 함부로 대학교 캠퍼스 안으로는 않았어요. 명동성당 같은 종교시설 못지않게 대학교 캠퍼스도 '성역'이었던 시절이니까요. 그렇게 학교 정문을 사이에 두고 대치하고 하는데 맞은편에 대치하고 있는 전경 중에 낯익은 얼굴이 하나 보이는 거에요.

당시는 학생운동에 뜻이 있든 없든 주기적으로, 한 번씩은 필수로 데모를 하는 분위기라 저도 그날 그 데모하고 있었거든요.

그 낯익은 얼굴이 바로 얼마 전에 군대간 동기 녀석이었답니다!

그런 아이러니가 공존했던 시대였었습니다.

시대적인 분위기 외 당시의 대학생 문화라고 할 만한 기억나시는 재미난 건 또 뭐가 있을까요?

아들이랑 딸아이를 대학 보내고 보니까 맨날 술만 먹는 건 그때나 지금이나 똑같은 것 같은데. (웃음)

요즘 대학생들 보니까 자기 대학교나 과가 어딘지 남들도 알 수 있게 '과잠'을 입고 다니더라구요. 저희 때는 '뱃지'를 하고 다녔어요! '학교 뱃지'. 이화여대 친구들은 따로 '이대 반지'를 했고요. 그런 소소한 부분이 조금 다르겠네요.

복학생 선배들은 군복을 검게 물들여서 입고 다니기도 하고 그랬답니다. (웃음)

당시를 생각하시면 인생에 있어서 어떤 시기였던 것 같으신가요?

저는 20대 때 경험이 굉장히 중요하다고 생각해요. 아이를 키우면서 10대 때 사춘기를
잘 지나가게끔 다들 관심을 많이 가지잖아요. 20대도 10대 사춘기 못지않게 인생에 큰
영향을 주는 중요한 시기라고 봅니다.

'청년 시절의 경험'은 그 개인의 남은 인생에서의 진로를 결정짓기 때문이니까요.

그래서 '대학문화'와 '청년문화'는 또 다른 것 같아요.

우리 때도 '대학문화'는 똑같이 맨날 술 먹고 남자애들은 여자 이야기, 여자애들은 남자
이야기하는 거였어요.

다만 '청년문화'는 시대적인 분위기도 그렇고 훨씬 성숙했던 것 같아요.

지금보다 취직에 대한 걱정도 없었기에 더 그랬겠지만 개인에 대한 관심보다는 시대나
공동체에 대한 고민을 더 많이 했던 것 같습니다.

그랬기에 자연스레 연극에 대한 수요도 생겨난 게 아닐까요.

대학로에 소극장 거리가 조성되면서 지금의 '연극을 보는' 문화가 생기기 시작했습니다. 시간
이 지나면서 대학로가 이렇게 변화하는 모습을 보셨을 때 소회는 어떠셨는지요?

제가 대학생일 때 자주 갔던 곳은 종로나 명동이 아니고 신촌이었습니다.

그때는 소극장도 다 신촌에 있을 때였고요.

제 개인적인 생각이지만 그때 신촌은 지금의 대학로와는 달랐던 것 같아요.

당시 신촌에도 소극장들이 있었지만 지금의 대학로처럼 '소극장 거리'가 조성된 것도 아니고 골목 어디어디 몇 군데 극장들이 있는 그런 느낌이 강했습니다.

또 이대가 가까웠기 때문에 여학교를 앞에 둔 상권이라는 점이 커서 문화적인 느낌보다는 그냥 상업지구의 성격이 강했던 것 같습니다.

그에 비해 당시 대학로는 지정학적 위치상 시위도 많았고 대학생들의 치기 어리고 술에 취해 있는 '대학문화'가 아닌 조금 더 성숙한 '청년문화'가 내재된 공간이었던 것 같아요.

사실 당시는 의외로 젊은이들이 문화생활을 할 곳이 별로 없었거든요.

영화관도 종로까지 나가야 몇 개 있었으니까요.

그런 점에서 문인들과 당시의 지식인들이 자주 회합을 가진 대학로에서 연극 문화가 생겨난 건 어쩌면 너무 당연한 결과이고 졸업한 후에도 대학로의 변화를 보면서 당연하게 생각했던 것 같습니다.

오늘 참 재미난 이야기를 많이 들었습니다. 옛날 대학로의 분위기를 들은 것도 흥미롭지만 선생님께서 말씀해주신 '대학문화'와 '청년문화'에 대한 의견도 참 인상적이었습니다.

마지막으로 혹시 못하신 말이나 하시고 싶으신 말씀 있으시면 부탁드리겠습니다.

사실 저는 연극을 한 적도 없고 연극인이 아닙니다. 그럼에도 저를 섭외하신 것은 '대학로'라는 교차점이 있어서 부르신 것이겠지요. (웃음)

그러니 마지막으로 제가 성대를 다녔던 70년대 말 당시, 지금은 많이들 모르실 이야기를 하나 하겠습니다.

다들 '연고전' 아시죠? 물론 고려대 다니시는 분들에게는 '고연전' 이지만요. (웃음)

예전 제가 학교 다닐 때는 서울대가 대학로에 캠퍼스가 있어서 저희 성균관대와 서울대가 지금의 '연고전'(혹은 '고연전')처럼 '성서전'을 하려고 했었어요. 물론 서울대생 입장에서는 '서성전'이 되겠죠? (웃음)

제가 알기로는 성균관대 총학에서 먼저 서울대에 제안했던 것으로 알아요.

서울대에서도 관심을 보였고요. 그래서 거의 성사 직전까지 갔는데 오히려 먼저 제안한 성균관대 쪽에서 없던 일로 하자고 해서 엎어진 걸로 알고 있어요.

지금의 '연고전'(혹은 '고연전')처럼 아무래도 스포츠로 겨루는 건데 생각해 보니까 서울대 애들한테 운동으로 이겨도 본전이고 지면 진짜 개망신이잖아요. 그래서 먼저 제안하고 먼저 엎은 걸로 알고 있습니다. 웃기지 않나요? 이거 이야기하면 욕 먹는 거 아닌가? (웃음)

사실 당시에 성대생들이 서울대에 대해 약간의 억하심정이 있었어요.

저희 때는 본고사 세대잖아요. 당시 성균관대가 2차 대학이었어요.

1차에서 떨어진 친구들이 들어가는 그런 이미지였죠.

그러니까 1차에서 서울대나 연고대 지원했다가 떨어진 아이들이 2차로 성균관대 온 친구들이 많았거든요. 그래서 성대 아이들이 데모도 더 열심히 했었어요. 바로 옆에 서울대 아이들과 비교되잖아요!. 뭐든 더 서울대 애들보다 열심히 하고 서울대 아이들보다 돋보이려고 하는 분위기가 있었답니다. 서울대 애들은 전혀 신경도 안 쓰는데요. (웃음)

'성서전'(혹은 '서성전')이라니 처음 들으면서도 참 재미난 에피소드입니다.

덕분에 예전 대학로에 대해 많은 걸 알게 되었습니다. 다시 한 번 감사드립니다.

2. 대학로 소극장 거리의 '발전' : 극단들

- ■ 번역극을 주로 하다
- ■ 창작극을 주로 하다

번역극을 주로 하다

대학로는 1980년대 들어서면서 지금의 모습을 갖추기 시작했다. 샘터 파랑새극장 (1984년), 연우 소극장(1987년), 대학로극장(1987년) 등 민간 소극장이 생김으로써 다양한 성격의 극단들이 하나둘 모습을 드러내게 된다. 그렇게 1980년대를 거치고 1990년대에 접어들면서 대학로는 전성기를 구가한다. 1980년대 《칠수와 만수》(1986년~1987년)로 대표되는 극단 연우무대의 작품들부터 1992년부터 1994년까지 20만 명 이상의 관객을 불러들인 극단 대학로극장의 《불 좀 꺼주세요》까지 다양한 스펙트럼의 극단들과 작품들이 쏟아지며 그야말로 8~90년대 연극의 붐이 일어난다. 이렇듯 90년대 대학로 연극 붐이 일어나고 상업적으로 성공을 거두는 사례가 많아지자 이에 고무받은 소위 후배 '2세대' 극단들이 등장하기 시작했다. 2021년 현재 대학로에서 가장 왕성하게 활동하며 주류 극단으로 불리는 '극단 동숭무대', '극단 골목길', '극단 백수광부' 등이 다 이 무렵 창단된 극단들이다.

대학로가 처음 형성되었을 때 처음 뿌리를 내린 '1세대' 극단들과 그 이후 영향을 받아 탄생한 '2세대' 극단들을 비교해보면 시기적인 면은 물론이고 추구하는 작업의 방향 및 선호하는 작품의 성격도 다소 차이가 있는 것을 느낄 수 있다. 물론 일반화하기는 어렵지만 전체적으로 '1세대' 극단들은 해외 유수의 작품들을 번역하여 공연하는 '번역극' 위주의 공연을 했고 그 이후 등장한 '2세대' 극단들은 우리가 지금 살아가고 있는 현실에 맞는 이야기를 쓰려고 노력하는 '창작극' 위주의 공연을 하는 경향이 있다. (번역극과 창작극이라는 이분법적 논술은 다소 위험하지만 이 글에서는 편의상 그렇게 나누어 쓰고자 한다. 번역극과 창작극 중 어느 것이 옳다 그르다의 문제는 있을 수 없을뿐더러 극단 워크샵 작품까지 극단 발표작으로 감안할 때 어떤 극단도 오로지 번역극만 혹은 창작극만 하지는 않는 점을 미리 밝힌다)

번역극은 해외 유수의 고전 연극 및 해외의 검증된 희곡 작가들의 작품을 국내에 소개하는 것으로 흔히 '고전 연극' 또는 '클래식 연극'이라 불리는 것이다. 오랜 시절부터 관객들과 소통해 온 고대 그리스 희랍 연극부터 현대의 새뮤얼 베케트의 부조리극 연극까지 다양하다.

일제 강점기 시절부터 오랫동안 꾸준하게 조명받아온 해외 작가는 체홉(Anton Chekhov)이다. 동시에 우리 연극계는 '리얼리즘'에 대한 탐구가 가장 먼저 있어 온 듯하다. (일제 강점기, 동경 유학생인 김우진, 조명희, 홍해성이 중심이 되어 조직된 '극예술 협회'는 조선 주요 도시에서 순회 공연을 하였는데 당시 공연한 작품은 입센의 《인형의 집》, 안톤 체홉 《곰》 등이다) 이른바 서구 사실주의 연극을 공연한 것이다. 숨 가쁘게 달려온 우리나라 현대사 특성상 다른 분야 못지않게 이 땅의 연극을 하는 데 있어서도 한꺼번에 너무 많은 것이 동시다발적으로 소개된 측면이 있다. 사실주의 리얼리즘에 대한 실험이 미처 끝나기도 전에 '부조리극'이나 '낭만주의' 같은 다른 경향의 연극들이 해방과 함께 물밀 듯이 들어오게 되고 그에 따라 여러 경향의 성격을 지닌 연극들이 한꺼번에 각 극단들에 의해 다양하게 번역되어 공연되어 온 듯하다. 물론 이는 극단과 극장의 갑작스런 팽창이 있었기에 가능했을 것이다. 결론적으로 체홉의 연극으로 대표되는 사실주의 리얼리즘 연극부터 새뮤엘 베케트(Samuel Beckett)와 외젠 이오네스코(Eugene Ionesco) 작품 등의 '부조리극' 그리고 테네시 윌리엄스(Tennessee Williams)를 필두로 하는 '영미(英美) 희곡들'까지 폭넓은 범위의 외국작품들이 대학로에서 주로 공연되었다. 정리하면 번역극은 그동안 크게 1) 그리스 비극 2) 체홉 등의 사실주의 연극 3) 베케트와 이오네스코 등으로 대표되는 부조리 연극 4) 마지막으로 유진 오닐(Eugene Gladstone O'Neill)이나 테네시 윌리엄스 작가 등의 영미문학. 이렇게 크게 네 부류로 나눌 수 있다. 번역극은 아직 극장을 운영하지 않고 공연을 위한 극작가와 창작작품을 확보하지 못한 극단에서 부담 없이 공연을 준비할 수 있는 방법이기도 하다.

오랜 시간 번역극을 한 극단으로는 《고도를 기다리며》로 유명한 극단 산울림이 대표적이다. 임영웅 연출의 《고도를 기다리며》로 유명한 극단 산울림은 현재도 홍대에서 계속 《고도를 기다리며》로 관객들을 만나고 있다. 산울림 외에도 현재 운현궁이 있는 종로 운니동의 실험극장 등 이전 대학로 소극장 거리가 형성되기 전 신촌과 종로 시절부터 해외 작가들과 작품들을 소개하는 번역극 극단들이 있었다.

대학로에서 오랫동안 번역극에 집중해 온 극단 중 하나는 극단 76이다. 1976년 창단된 극단 76은(극단 이름은 창단된 해를 기념해 붙여진 것이다) 사르트르의 《구토》를 창단 공연으로 시작하여 부조리극에 집중한 극단이다. 특히 새뮤얼 베케트와 페터 한트케(Peter

Handke)의 작품으로 유명한데 그중에서도 페터 한트케의 《관객 모독》으로 큰 센세이션을 일으킨다. 배우가 관객들을 향해 고함을 치고 거친 언사를 내뱉으며 무대와 관객석의 경계가 없는 이 연극은 1979년 초연 당시 큰 충격을 주었다. 무엇보다 무대 위 배우들이 관객석의 관객들에게 말을 걸고 동시에 시비를 거는 형식 때문에 이러한 실험적인 방식을 처음 접했던 몇몇 관객들은 공연이 끝남과 동시에 무대 위로 올라가 배우의 멱살을 잡고 물건을 집어 던지는 난동(?)을 부렸고 극장의 유리창이 던진 물건으로 인해 깨지는 일도 있었다고 한다. 극단 76의 《관객 모독》은 극 막바지 관객들에게 물을 뿌리기도 하는데 이는 원래 원작에는 없는 것으로 초기 성난 관중들이 무대 위로 뛰어 들어오는 것을 막고 배우들이 도망갈 시간을 벌기 위해 시작된 것으로 알려져 있다. 페테 한트케의 《관객 모독》을 비롯해 최근에는 새뮤얼 베케트의 《엔드 게임》까지 부조리극에 대한 극단의 관심과 연구가 눈에 띄는 극단이다. 또 극단 76은 '아버지 극단'으로서 이후에 2세대 극단으로 불리는 극단 동숭무대(대표 임정혁), 극단 골목길(대표 박근형), 극단 죽죽(대표 김낙형)이 탄생하게 되는 모체가 된 극단으로 대학로 극단의 대부(代父) 역할을 하고 있기도 하다.

극단 76 극장

기국서, 극단 76 대표 및 연출가

"부조리극의 선구자, 극단 76"

안녕하세요. 대표님. 인터뷰에 선뜻 응해주셔서 다시 한 번 감사드립니다.

반갑습니다. 제가 오랫동안 대학로에서 작업을 했지만 그렇다고 제가 모든 걸 알지는 않습니다. 제가 알고 있는 경험 위주로 답변해드리겠습니다.

극단 76은 대학로에 처음 소극장 거리가 형성되었을 때부터 있었던 오래된 극단입니다. 대학로에 처음 오셨을 때 대학로 분위기에 대해 여쭙고 싶습니다.

대학로가 형성되기 전에는 연극인들이 같이 만날 장소나 공간이 따로 없었습니다.

극장들도 명동이나 신촌 그리고 광화문 등지에 간헐적으로 퍼져 있었고 대학로도 지금처럼 번화하지 않았고요.

제가 어렸을 때 돈암동에 살았거든요. 그래서 극단이 여기 대학로 이사 오기 전부터 이 대학로는 많이 지나다녔고 예전에 대학로가 어땠는지 기억이 잘 나는 편이에요.

제가 초등학교 3학년 때 4.19가 났었어요. 그때 어린 나이에 형들이 시위한다고 하니까 같이 따라나서서 돌멩이도 줍고 그랬지요.

대학로가 종로에서 가까워서 시위가 정말 많이 일어났어요.

총 소리도 나고 가끔 거리에 시체도 있고.

그랬던 게 서울대가 이사 가고 대대적으로 문화지구로 조성되면서 문예회관이 지어졌어요. 문예회관이 지어진 게 바로 지금의 대학로로 발전한 시발점이라고 봐요.

초기 대학로에서 하셨던 공연들이 궁금합니다.

대학로에 와서 햄릿 시리즈를 본격적으로 했습니다.

햄릿에 천착했지요. 《햄릿》 1부터 5까지를 여기 대학로에서 했어요. (그 후 《햄릿》 6은 남산
예술센터에서 한다.)

연극 외에는 퍼포먼스를 많이 했던 것 같아요. 정치적 성향도 그렇고 유신 시대를 체험
한 세대로서 사회문제를 퍼포먼스로 표현했지요. 《고도를 기다리며》를 실제 길거리에
서 하기도 했고요. 80년대가 30대였는데 그때 이 대학로에 정열을 가장 많이 쏟았던 것
같아요.

당시 대학로 거리의 분위기가 궁금합니다. 어떤 예술적 트렌트를 느낄 수 있고 당시 관객들이
원했던 예술적 니즈(Needs)가 어땠는지 궁금합니다.

당시 분위기 자체가 연극뿐만이 아니라 대체로 다 실험적인 사조가 유행하는 분위기였
습니다. 그리고 그런 전위적인 예술가들이 보통 정치적으로 소위 '진보'라는 스탠스를
가지고 있는데 그중에서도 더욱 진보적인 예술가 그룹도 많았지요.

연극의 경우, 그런 진보적인 연극인이 정치적인 메시지를 던지고 싶을 때, 현실적인 제
약 때문에 정치적인 구성을 가져올 수 없을 때, 스타일로서 실험적인 스타일을 많이 가
져 왔었지요.

아까 《햄릿》 공연을 말씀해주셨는데 방금 제 질문과 덧붙여 '시대정신'에 관해서 묻고 싶습니다. 《햄릿》 시리즈를 통해 어떤 시대 정신과 주제를 제시하고 싶으셨는지요?

제시까지는 아니고 반영을 하려고 했지요. 《햄릿》을 처음 할 때가 전두환 시절입니다. 잡혀갈 생각까지 하고 극을 올린 것은 아니지만 그래도 맞서려고 노력했지요. 맞설 수 있을 때, 또 맞서야만 예술적 에너지가 나온다고 생각하거든요. 예술에 있어서 그리고 예술가에게 중요한 것이 에너지 아닙니까!

아름다움만을 추구하는 것이 아닌 외부의 억압에 저항할 때 예술적 에너지가 나옵니다. 그래서 그때의 기억이 더 강렬하고 아직도 선명해요. 미학적인 것도 추구하지만 당시는 5공 정부가 이 대학로를 조성했다손 치더라도 저항을 해야 했어요!

대표님께서 추구하시는 주제가 궁금합니다.

추구라는 표현보다는 취향이라는 말이 더 정확한 것 같습니다.

추구라는 건 자연스럽지 않아요. 작품이라는 건 자연스레 자기가 하고 싶은 걸 하는 것 아닌가요. 그냥 하게 되는 거죠. 취향이 바로 그런 거예요. '이걸 하고 싶다. 그런데 이걸 그대로 하면 지금 관객이 어려워하거나 쉽게 이해를 못 할 수도 있을 것 같다'고 생각이 들 때 지금 관객의 코드에 맞추는 쪽으로 변형해 온 것입니다. 그러한 변형 중 과격했던 것이 《관객 모독》이었을 뿐이죠. 실험이라는 것은 그러면서 자연스럽게 하게 된 거죠.

기국서, 극단 76 대표 및 연출가.

"실험을 할 거야, 반(反)연극을 할 거야"라고 캐치프레이즈를 걸고 한 것은 아닙니다. 70년대 후반, 한국에 유행하던 부조리 혹은 실험, 전위 사조가 우리들에게 영향을 준 것은 사실입니다. 그래서 취향이 생긴 것이겠죠.

또 한 번 부조리에 빠지면 고전적인 것은 안 보게 되니까. 그렇게 계속하다 보니 외부에서 볼 때 '저 극단은 저런 극단이구나'라고 생각을 하게 된 것 같아요. 그냥 하고 싶은 걸 하다 보니까 말이죠. (웃음)

그냥 하고 싶은 걸 한다.

그게 지금 《엔드 게임》 공연에도 유효하신가요?

《엔드 게임》도 굳이, 일부러 시대적인 메시지나 외부 주제를 집어넣으려고 하지는 않았어요. 《엔드 게임》에서 볼 수 있는 권위적인 주인공의 모습은 단순히 몇 년 전부터 이슈화되었던 갑질의 문제를 다룬 것이 아니에요. 그 권위주의라는 것은 예전에도 있었고 늘 있던 거에요. 오히려 예전이 더 심했잖아요. 분명 그 작품이 쓰였을 때도 심했을 거예요. 아무리 서양이어도 꽤 예전이니까요.

《엔드 게임》은 배우의 연기를 순수하게 느낄 수 있는 작품이 무엇이 있을까 찾다가 하게 된 거예요. 또 베케트의 연극성의 진수를 제대로 느낄 수 있는 것이 무엇이냐로 고민하다 결정한 거죠.

나이를 먹고 베케트를 다시 보니까 그전에는 몰랐던 것을 다시 깨닫게 되는 게 있어요. 우리는 베케트 작품을 '부조리', '반(反)연극' 이렇게만 보는데 사실 연극성이 굉장히 강한 작품입니다. 배우의 기본적인 연기와 몸짓이 잘 살아야 재미있는 연극이거든요. 아주 원초적이고 본질적인 연극성을 추구하기 위해 베케트 작품을 선택한 것인데 어쩌면 지금 본질적인 작품보다 겉치장이 많고 설명이 많은 작품들이 많다 보니 오히려 본질적인 작품이 또 부조리하고 실험적이라고 느껴지는 것 같아요.

지금 대학로에서 느끼는 시대정신은 무엇이라고 생각하시나요?
연극뿐만이 아니라 사회와 예술 전반에 흐르는 시대정신은 무엇이라고 보시는지요?
모든 것을 막 해체하려고 하는 느낌입니다.

상아탑 쌓듯이 쌓으려는 게 아니라 다 해체하는 느낌. 거기에 개인주의가 더해지고. 더이상 공동체적인 것을 추구하지 않으며 비정치적인 것 같습니다.

그렇다면 뭐가 남을까요? 각자의 개성 그리고 패션이지요.

그런 이유로 최근에 제 눈에 가장 많이 들어오는 게 바로 패션입니다.

또 심각한 것보다는 쉽게 행동하고 말하는 것이 중요한 시대인 듯해요.

어쩌면 더욱 고급화된 진화라고 볼 수도 있을 것 같은데 원래 쉬운 단어나 문장에서 깊은 사고를 가질 수 있게 하는 것이 고급 기술입니다. 그런 점에서 일상어에서 인생의 철학을 찾는 것. 그런 시대로 바뀌는 듯합니다.

얼마 전에 예전에 쓴 희곡 다시 볼 일이 있었는데 다시 느낀 게 뭐냐면 내가 그 전에 쓸데없는 말을 너무 많이 했구나.

이런 생각이 퍼뜩 들더라고요.

트렌드가 바뀌는 것은 관객들의 반응을 통해서도 알 수 있지만 동시에 창작가를 통해서도 알 수 있을 텐데요. 후배 연출가들이나 연극인들을 통해 바뀌는 예술적 트렌드를 느끼셨던 적이 있으신지요?

첫 번째로 시대를 바라보는 눈이 바뀌었구나 라고 느낀 것은 박근형과 김낙형의 작품을 보고 나서입니다.

박근형과 김낙형, 같은 극단에 있었고 거기에서 나왔지만 같은 극단에서 연출을 했을 때는 못 느꼈는데 극단에서 나와서 자유롭게 하는 것을 보니 다름을 느끼게 되었지요. 경쾌하기를 원하는구나, 명랑성을 기본으로 하는구나, 꽤 자유롭고. 그런 느낌을 받고 이렇게도 할 수 있구나 하는 생각을 했었죠. 하지만 박근형과 김낙형의 극도 이제는 어느 정도 올드한 스타일이 되지 않았을까요? 안그래도 요즘 젊은 2,30대 작가들은 어떨지 궁금합니다.

최근 대학로는 '젠트리피케이션' 등으로 인한 임대료 상승으로 큰 위기감을 호소하고 있습니다. 하지만 개인적 생각으로는 대학로가 예전보다 다소 침체된 분위기를 보이는 것은 비단 월세 문제만은 아닐 거라고 생각합니다. 단순히 임대료 문제만이 아닌 근원적, 구조적 문제에 대해서도 생각해 보고 싶은데요.

한국 전체 예술에 대한 문제 인식을 바꿔야 해요. 최근에 페북을 하면서 페북 친구인 지인이 쓴 글을 보고 머리에 망치를 맞은 듯 충격을 받은 적이 있는데요. 그 친구 말이 "전국에 있는 문화회관이나 공연장에 상주해있는 예술가가 왜 하나도 없냐. 왜 다 공무원들이 앉아 있느냐!" 이런 말이었어요.

그 전에는 전혀 생각해 본 적이 없는데 그 글을 읽고 다시 생각해 보니 그렇더라고요.

어떻게 공연 극장에 무용단장이나 오케스트라단장 같은 사람이 최소한 한두 명은 있어야 하는데 그런 사람 하나 없이 다 공무원들만 앉아 있냐 이거예요.

처음 문예회관 생겼을 때 나도 문예회관을 내 집처럼 왔다 갔다 했었어요. 그런데 지금은 가봤자 아는 사람도 없고 공무원들만 있으니까 뭐랄까 그 사무적인 분위기가 주는 느낌이 싫더라고요. 연극인은 하나도 없고. 그러니 무언가 이야기를 해도 자꾸 핵심을 비껴가고 일을 하다 보면 유연하게 대처해야 하는 부분도 있는데 무조건 '원칙'이라는 이유로 인간적 냄새가 없는, 그저 서류만 왔다 갔다 하는 분위기만 있는 것 같아요.

대표님께서 생각하시는 바람직한 연극과 연출은 무엇입니까?

연출가는 복덕방 업자라고 생각해요. 사람들에게 극을 잘 소개해주는 사람이거든. (웃음)

연극은 작가가 좋은 작품을 먼저 잘 쓰는 것이 가장 중요하고요.

그런 점에서 좋은 연극은 좋은 글을 바탕으로 하는 연극이죠.

좋은 희곡은 대사가 시적이어야 해요. 함축적이어야 하고. 무엇보다 배우가 그 대사를 말하고 싶어야 합니다.

배우가 그 말을 하고 싶게 쓴 대사가 있는 연극은 정말 좋은 연극이지요.

귀하신 발걸음 해 주셔서 다시 한 번 감사합니다. 대학로 1세대 선배님으로서 오늘 말씀이 후배들에게 많은 도움이 되었을 것이라 확신합니다.

창작극을 주로 하다

1980년대 대학로에 뿌리를 내린 그리고 그 이전부터 명동이나 신촌 등지에서 작품 활동을 계속 해왔던 1세대 극단들과 그들의 영향을 받고 창단된 1990년대 2세대 극단들은 시기적인 것뿐만 아니라 작품에 임하는 방향과 극단의 성격도 구별된다. 1세대 극단이 '번역극'을 주로 했다면 이후 2세대 극단들부터는 '창작극'에 집중하는 경향을 보인다. 마치 갓 태어난 아이가 처음에는 어른들을 따라 하다가 사춘기가 되면서 자기 목소리를 내는 것과 비슷하다.

현재는 번역극보다는 창작극의 형태로 공연하는 극단과 공연이 더 많아지고 있다. 초기 해외 작품을 번역하여 소개했던 단계에서 점차 우리 시대, 우리 실정에 맞는 작품을 창작해야 한다는 연극인들의 자성에서 비롯된 '창작극 만들기 운동'은 극단 연우무대와 작은신화 같은 대학교 출신 연극인들의 운동에서 본격적으로 일어난다. 그중에서도 연우무대는 70년대 창단된 '1세대'에 해당하는 극단으로 대학로뿐만 아니라 한국 연극 역사에 있어서 처음부터 창작극만을 고집해온 창작극단의 산증인과 같다는 점에서 특이하면서도 의미가 크다.

극단 연우무대는 서울대 출신들이 모여 만든 극단이다. 1977년 2월 서울대 연극회의 목요모임을 토대로 시작된 연우무대는 연극은 물론 마당극 운동을 통해 김민기의 노래패 '메아리'와 채희완의 춤패 '한두레' 등 대학가에 기반한 민중문화단체들을 결합하는 구심점 역할까지 맡았다. 실제 연우무대는 당시 시대의 흐름을 선도한 극단이기도 하였는데 연우무대가 만든 창작극은 당시 군부독재와 시대의 변화를 반영하는 것으로 유명하였으며 대학생들과 젊은이들 그리고 당시 억압적인 분위기에 눌려 있던 관객들의 욕구 분출의 장(場)이 되기도 하였다. 1980년대 연우무대는 《장산곶매》(1980), 《장사의 꿈》(1981), 《멈춰 선 저 상여는 상주도 없다더냐》(1982) 등의 화제작들을 계속 선보였으며 이는 노래패와 춤패와의 협업 성격을 가졌다는 점에서 80년대 민중운동과도 연결된다. 1980년대 중반 한두레가 아현동에 애오개 소극장을 마련하여 분리되고 김명곤이 극단 아리랑을 창단하여 각자의 활동을 시작하면서 극단은 재편되게 된다. 그리고 이는 1991년 김민기의 분화(극단 학전 창단)로도 이어진다.

　다른 오래된 극단들과 마찬가지로 극단 연우무대도 대학로에 오기 전 원래는 신촌이 주 무대였다. 1987년까지 신촌에 있었던 연우무대는 전세금 인상 문제로 같은 해 혜화동으로 이전하고 '연우 소극장'으로 자리 잡는다. 그리고 대학로 '연우 소극장'의 개관 공연으로 그 유명한 《칠수와 만수》가 올랐다. 그 이후로도 계속 창작극을 선보인 연우무대는 90년대 《날 보러와요》(1996)와 《김치국씨 환장하다》(1998년)까지 작품성과 흥행성을 다 보장하는 대학로의 대표적인 '창작극' 극단으로 명성을 이어오고 있다. 개인적으로 연우무대는 창작극뿐만 아니라 '한국현대연극의 재발견'이라는 프로그램을 통해 한국희곡과 현대 연극을 재발굴하기 위해 노력했다는 점에서 더욱더 중요한 의미가 있다. 연우무대의 '한국현대연극의 재발견' 프로그램을 통해 함세덕의 《동승》, 유진오의 《박

첨지》 등이 소개되었으며 이와 별개로 황지우의 《새들도 세상을 뜨는구나》도 각색되어 공연되고 이근삼의 《국물 있사옵니다》, 오영진의 《살아있는 이중생 각하》 등을 선보이며 한국 문학에도 크게 기여한다. 사실 연우무대의 가장 유명한 작품 《한씨 연대기》 (1985) 같은 경우도 《장사의 꿈》과 함께 황석영의 소설이 원작인 작품이다.

연우무대 못지않게 유명한 창작극 극단으로는 극단 작은신화를 꼽을 수 있다. 극단 작은신화는 시기적으로는 '1세대' 극단들과 어깨를 나란히 할 만큼 오랜 역사를 가지고 있다. 또 다른 면으로는 1세대 극단들 그리고 연우무대와는 다른 지향점을 가지고 있다는 점에서 동시에 좀 더 젊고 자유로운 목표를 가졌다는 점에서 '2세대 극단'으로 볼 수도 있을 것이다. 특히 극단 작은신화의 최용훈 대표가 극단 백수광부 이성열, 극단 골목길 박근형과 함께 대학로 연출가 동인(同人) 프로젝트인 '혜화동 1번지' 2기로 활동한 것을 보면 최소한 최용훈 대표 개인은 2세대 젊은 연극인으로 분류해도 무방하다고 생각된다.

91년 《전쟁음?악!》과 93년 다리오 포 원작의 《Mr.매킨도.씨!》로 유명한 극단 작은신화는 1986년 7월 25일 신촌로터리에 있는 진선미 다방 건물의 허름한 옥탑방에서 창단되었다. 서강대의 서강연극회 출신들이 주축이 되어 만든 이 극단은 당시의 가벼운 상업극과 기존의 번역극 위주의 반복적인 공연을 탈피하고자 서강대 외에 6개 대학, 13명의 연극인들이 함께 뜻을 모아 창단되었다. 초대 회장은 이근삼 희곡작가의 아들

대학로, 연우소극장

소극장에서 공연 연습 중인 배우들(안똔체홉극장)

이었던 故 이유철 씨로 서강대 외에 이화여대, 중앙대, 외대, 서울시립대, 동덕여대, 성신여대, 국민대, 한양대 등 12개 대학에서 연극반 생활을 했던 20여 명이 참가하게 된다. 그리고 당시에는 흔치 않은, 그것도 대학생티를 갓 벗은 젊은 청년들끼리 뜻을 모아 창작극을 추구하였다. 이러한 작은신화의 정체성을 물씬 느낄 수 있는 작품이 바로 김명화 작가의 《돐날》(2011)이다. 대산문학상 수상작이기도 한 이 작품은 평범한 만년 시간 강사의 돌잔치 때 '돈' 때문에 벌어지는 부부간의 갈등과 젊은 시절의 꿈과 좌절된 현실을 이야기한다는 점에서 '지금, 여기, 변화하는 자유로움'이라는 작은신화의 모토와 잘 어울리는 작품이다.

지금 2021년 현재 작은신화는 100% 창작극만을 하고 있지는 않다. 하지만 현재도 무대 위에 올리는 작품의 70% 정도는 창작극을 고수하고 있다. 작은신화의 모티브 '지금, 여기, 변화하는, 자유로움'에 걸맞게 작은신화는 매년 계속해서 희곡 공모를 받고 있으며 '우리연극만들기' 프로젝트로 한국 고유의 창작극을 만드는 데 열심이다. 연우무대가 기존의 기성작가들을 재발견했다면 작은신화는 신진 작가들을 발굴하고 한국 연극의 후진을 양성하는 역할을 자연스레 담당하게 되었다고 할 수 있다.

INTERVIEW

최용훈, 극단 작은신화 대표 및 연출가

"지금, 여기, 변화하는, 자유로움"

안녕하세요. 대표님.

귀한 시간 내주시고 인터뷰에 응해주셔서 감사합니다.

처음 작은신화가 시작되었을 때를 여쭙고 싶습니다.

1986년에 작은신화가 시작되었습니다.

처음은 신촌 지역에서 작업했죠.

좀 더 구체적으로 이야기하면 86년이 내가 24살 때였어요.

졸업을 앞두고 연극을 하고 싶은데 마땅히 마음에 드는 극단이 없는 거예요. 그래서 졸업을 앞둔 동기들끼리 의기투합해서 극단을 만들게 됐습니다.

당시는 도제 시스템이라고 해서 스승님 밑에 들어가서 연극을 하다가 소위 하산하면 극단을 만드는 게 일반적이었는데 그런 시스템을 거치지 않고 만들어진 최초의(?) 젊은 극단이었죠. 당시에 많은 선배들과 선생님들 누구도 인정해주지 않는 분위기였어요. 근본 없는 것들이라고 안 좋은 소리도 좀 들었고요.

그래도 젊은 패기로 밀고 나갔습니다.

대학로에 입성하게 된 계기와 과정도 궁금합니다.

1990년도에 대학로에 연습실을 마련하면서 들어오게 되었습니다.

처음에는 텍스트를 구해서 번역극을 하기도 했지만 점차 원래 우리가 뜻한 대로 우리의 이야기, 우리들 이야기를 해 보자고 다시 마음을 다잡고 창작을 시작하게 되었어요.

그런데 그 당시 아직 어리기도 하고, 전문적으로 글 쓰는 작가도 없었고 물론 지금도 그렇지만 대부분 배우 아니면 연출을 하려고 극단에 들어온 친구들 위주라 '공동창작'을 하기 시작했습니다.

그게 작은신화하면 자연스레 떠오르는 '공동창작'이 시작된 계기이지요. 99년까지 계속 그렇게 공동창작으로 작업을 했습니다.

93년부터는 '우리연극만들기' 프로젝트를 시작해서 젊은 작가들을 발굴했고요.

2000년을 넘어가면서 젊은 단원들의 의사를 받아들여 외부 작가들과도 협업을 많이 하고 있습니다.

지금 현재 공동창작, 우리연극만들기, 외부 작가와의 협업 이렇게 크게 세 방향으로 진행을 하고 있고요. 다행히도 다른 극단에 비해 연출부가 꽤 있어서 간혹 연출부의 번역극 공연도 가끔 올리고 있습니다.

대표님께서는 대학로 연출가와 작가들의 동인으로 유명한 혜화동 1번지 활동도 하셨습니다. 혜화동 1번지에 대해서 여쭙고 싶습니다.

혜화동 1번지. 잊을 수 없지요.

저는 2기 멤버인데요. 1기에 비해서 저희 2기는 조금 더 공간을 살리는 '공간 중심' 연출가들이 뜻을 모았습니다.

공간성을 더 살리자는 점에서 서로 뜻이 맞았던 거지요.

당시 서로 나이대도 비슷했어요.

저를 포함해 이성열, 김광보, 박근형 등 모두가 한창 왕성하게 일할 때였고요.

서로 이야기도 잘 통하고 그러면서도 각자 하고자 하는 작업의 색깔이 분명해서 서로 도우면서 재미있게 작업했던 기억이 납니다.

각자 존중하면서 1년에 한두 번 페스티벌 식으로 한 가지 주제나 형식을 가지고 하되 구애받지 말고 하고 싶은 것들을 해보자. 이렇게 뜻을 모아 열심히 했어요.

1기 선배들 덕도 있었지만 저희 활동과 페스티벌을 통해 혜화동 1번지를 많이 알린 것도 있습니다. 동시에 혜화동 1번지를 우리가 독점하는 게 아니라 우리와 같은 시스템이 지속될 수 있게 하자는 취지로 각자 추천에 의해 다음 기수를 뽑는 시스템을 정착시킨 것도 저희 2기 때부터입니다.

작은신화는 창작극을 주로 하는 것으로 유명합니다. 관련하여 작은신화의 철학과 방향 그리고 노선에 대해서도 여쭙고 싶습니다.

창작극을 표방하고 우리 시대의 화두를 고민한다는 점에서 연우무대와도 비교되는 것 같던데 연우무대와 저희는 성격이 조금은 다릅니다.

연우는 풍자와 비판의 컬러를 가지고 있다면 (지금은 성격이 바뀌었지만) 작은신화는 정치적이라기보다는 사회 전반적인 민중, 일상, 삶 그리고 그 안에서의 문제에 더 집중했던 것 같습니다.

《돋날》도 정치적인 것이 아닌 세대에 대한 고민이니까요.

그런 면에서 《돋날》이 작은신화의 컬러를 가장 잘 보여주는 작품이라고 생각합니다.

작품 선정 시 어떤 기준과 가치를 가지고 작품을 선정하시는지요?

우리 극단의 모토가 '지금, 여기, 변화하는, 자유로움'입니다.

지금 어떤 문제를 가지고 있고 어떤 이야기를 나눌 수 있느냐가 작업 선정의 기준입니다.

우리 시대 이야기를 담을 수 있는 이야기는 무엇인지 어떤 것을 담아야 하고 어떤 방식으로 담아야 하는지 고민하고 있습니다.

'우리연극만들기' 희곡 공모 선정 시에도 그런 극단의 모토에 가장 어울리는 게 무엇일지 따지며 작가와 작품을 선택하고 있지요.

극단 운영 방침에 대해서도 묻고 싶습니다. 극단 작은신화의 운영 방침은 어떻게 되는지요?

극단을 처음 만들 때 1인 독재 시스템이 싫었습니다.

그래서 모두가 민주적인 공동체 극단을 만들었지요.

그러자면 대표 혼자 독단적으로 일을 기획하고 집행하면 안 되니까 작품적인 면에서도 그렇지만 극단을 운영하는 면에서도 극단 자체에서 기획과 운영을 할 수 있는 인원들을 많이 포용하려고 했습니다. 가능하면 연출부들을 많이 포섭하고, 연출부 스태프들도 시작할 때부터 같은 극단원으로 정착시키려고 공을 많이 들였지요.

연출부들이 자기 하고 싶은 작품을 만들 수 있는 장이 마련되니 이후에 젊은 연출가 지망생들이 관심을 가지고 오게 되고 배우들도 다양한 연출을 만나서 경험하니 만족도가 높았던 것 같습니다.

그러면서 자연히 다양한 작품을 하게 되고 다양한 작가들을 만날 수 있으니 결국 연출과 배우 모두에게 풍성한 기회가 된 것 같고요. 민주적 방식으로 하니까 이런 선순환적인 효과가 있었던 것 같습니다.

관객들에 대한 질문도 여쭙고 싶습니다. 연극을 하면 관객들이 무엇을 좋아하는지 신경을 쓰게 되기 마련일 텐데요. 대표님이 보시기에 관객들의 취향이나 니즈(Needs)가 어떻게 변화하는 것 같다고 생각하시는지요?

시대의 변화와 관객의 반응에 대한 고민을 많이 하는 편입니다.

90년대나 혜화동 1번지 할 때만 해도 관객들은 새로운 이야기 방식이나 형식, 새로운 접근에 관심이 대단히 많았었습니다.

그 사이 과학이 발전하고 시대가 변했어요. 영상 매체의 발달로 인해 요즘의 관객들은 새로운 방식으로 말하는 것을 필터링해서 자신의 것으로 만드는 것에 대해 점점 약해지고 힘들어하는 것 같아요.

같은 공연을 재공연한다고 했을 때 관객의 반응은 스스로 생각하고 판단하기보다는 눈앞에 던져져서 그냥 보이는 것, 심지어 떠먹여 주는 걸 좋아하는 경향 쪽으로 변하는 것 같습니다. 그러니 공연시간도 조금씩 짧아지고, 기다리거나 한 단계 넘겨짚어서 생각한다거나 상징이나 은유가 많으면 힘들어 하더군요. 젊은 세대일수록 즉각적인 것에 더욱 반응하는 것 같기도 하고요.

웃음 포인트도 제가 생각하는 것과 매우 달라요. 유머도 맥락 속에서의 유머는 잘 안 먹히고 슬랩스틱 류나 말장난 같은 것을 희극의 요소로 이해하는 것 같습니다.

하지만 이건 어떻게 보면 너무 일부분만을 바라보는 것이고 전체적 경향의 흐름으로 보면 이제는 거대 담론보다는 정말 자기 본인에게 개인적으로 와닿는 공연 관람을 추구하는 것 같아요. 예를 들어 젠더나 소수자 문제처럼 아주 구체적이고 지엽적인 이야기에 더 관심을 가지고 호응하는 것 같더군요.

실제로 '우리연극만들기' 희곡 공모를 통해 접하는 요즘 희곡 작품들 중 절반 이상은 젠더나 소수자를 다룬 이야기입니다.

그런 면에서 앞으로의 연극은 특정 부류의 사람들을 겨냥한 맞춤 연극이 더 많아지지 않을까 생각해요.

역시 변화하는 이런 시대에 더욱더 '소극장에 어울리는 연극은 무엇일까' 다시 한 번 더 진지하게 생각해야 하지 않을까 싶습니다.

지금 이 시대, 소극장에 어울리는 연극이라……. 과연 어떤 것이 그런 작품일까요? 그리고 극장은 또 어떤 모습이어야 할까요?

2020년 12월, 광주 아시아문화전당에서 영상 촬영 편집을 통한 공연을 해보자고 해서 현재 준비중입니다. (인터뷰는 2020년 11월에 진행되었다.)

이게 나름 참신한 시도인 게 연극을 영상과 완전히 결합해서 해보겠다는 건데 일단 이번에는 관객에게 오픈은 안 하고 극장 큰 곳에서 세트와 카메라를 설치해서 영화감독과 협업으로 작품을 만들 예정입니다. 이틀간 공연을 처음부터 끝까지 찍기도 하고 파트 별로 잘라서 찍기도 하는 등 여러 시도들을 해볼 생각인데 아직은 솔직히 감이 잘 안 잡힙니다. (웃음)

아무래도 영상이 주는 포인트와 연극이 주는 포인트가 다르니까요.

하지만 올해 코로나 사태도 그렇고 넷플릭스 등 영상 매체가 계속 진화하는 것을 봤을 때 연극과 같은 무대 예술도 더 이상 영상을 대척점에 있는 것으로만 치부해서는 안 될 것 같다는 생각이 들더군요. 영상을 활용한 연극이 가능할 수도 있겠다는 생각이 들었고 영상을 병행하는 것이 계속된다면 많은 준비와 노력을 해야겠다는 생각이 듭니다. 다시 말씀드리지만 변화하는 시대의 흐름에 따라 공간에 대한 고민을 하고 이 시대에 맞는 극장 공연이 무엇인지 고민해야 할 때입니다. 안 그러면 대학로 소극장 거리는 민속촌이 되고 말 거예요. 조만간 젊은 사람들이 우르르 몰려와 "여기 불과 몇 년 전만 해도 연극이라는 것을 했던 곳입니다. 와아아"하면서 말이죠.

극단 작은신화는 극장을 운영하고 있지 않은 극단입니다.
극장이 없으시니까 작품 발표를 할 때 극장을 빌려서 공연을 하셔야 할 텐데 극장을 고르실 때 중요하게 생각하시는 기준이 있으신지요?
극장을 선택할 때 가장 중요하게 보는 것은, 물론 작품에 따라 다른데 저는 개인적으로 작품이 무대 위에 올라갈 때 이 작품이 관객들과 만나는 지점이 물리적으로 어때야 하는지를 신경 씁니다.
물리적으로 어떤 형태로 마주 봐야 할까 하는 지점을 중요하게 생각하거든요. 그래서 예산의 한계가 없다면 극장을 고를 때 관객들과 만나고 마주 보는, 물리적 거리감을 제일 중요시 하는 편입니다. 그런 면에서 가변형이었던 예전 바탕골이 좋았던 것 같습니다. 원하는대로 무대 세팅을 할 수 있었거든요.

최용훈, 극단 작은신화 대표 및 연출가.

지금은 사라져 버린 동숭아트센터 소극장도 기억나네요.

거기서 하면 왠지 모르게 작품이 극장에 달라붙는 느낌이었어요.

바탕골 소극장도 그렇고 동숭아트센터 소극장도 참 아쉬울 뿐입니다.

앞으로 대학로가 어떻게 될지 전망도 해보고 싶습니다.

우선 대표님께서 보셨을 때 현재 대학로는 어떻다고 보시는지 그리고 앞으로의 전망도 같이

해주실 수 있으신지요.

올해 대학로는 코로나 때문에 폭격 맞은 분위기입니다.

소극장 공연은 비대면 공연으로 하기에 정말 관객도 없고 큰일인데요. 슬프지만 소극장

수는 더욱더 줄어들지 않을까 생각합니다.

그리고 소극장들이 앞으로는 통폐합을 해서 규모를 키울 필요가 있지 않나 싶어요

소극장들이 통폐합으로 연합을 해서 극장의 시설을 조금 더 세련되게, 편하게 관람할 수

있게 만들면 관객들도 자연스럽게 극장을 더 찾지 않을까요. 공동으로 운영을 하더라도 몸집을 좀 키워서 관객들이 조금 더 편안하게 관람할 수 있게 말입니다.

다소 비좁고 불편해도 참고 보는 맛이 있는 소극장의 낭만. 이런 건 이제 젊은 관객들에게는 더 이상 유효하지 않을 수도 있습니다. 요즘처럼 소극장들이 하나 둘 없어지는 추세라면 차라리 연합을 해서 번듯하게 중극장 공연까지도 할 수 있는 규모로 개선하는 것도 방법 중 하나일 것 같습니다. 숫자가 줄어든다면 대신 질을 높이자는 취지이지요!

요즘 추세 중 하나가 극단체제에서 프로덕션 체제로 변화하는 것을 들 수 있을 텐데요.

이러한 추세에 대해 어떤 생각을 가지고 계신지요? 또 작은신화도 앞으로 프로덕션 체제로 변화할 가능성이 있을까요?

프로덕션 시스템이 물론 장점이 있지요.

기동성이 있고 조직관리에서도 부담이 없습니다.

그런 면에서 편리하게 선택할 수 있는 시스템인 것 같습니다.

하지만 개인적으로 연극은 사람들간의 부대낌에서 나오는 것이 아닐까 싶어요.

극단 자체도 연극처럼 본연의 모습대로 유지하는 게 중요하다고 생각합니다. 그런 취지에서 우리 극단은 앞으로도 프로덕션화는 안 될 것입니다. 계속 지금의 '공동창작을 하는' 단원제의 전통을 유지할 것입니다.

극단 작은신화는 매년 '우리연극만들기' 공모를 하고 있습니다. 매년 많은 극작가들이 청운의 꿈을 가지고 지원을 하고 있는데요. 후배 작가들에게도 딱 꼬집어 한 말씀 해주실 수 있으실까요?

소재도 다양해지고 재기발랄한 건 좋은데…….

요즘 후배 작가들이나 지망생들을 보면 희곡 대본이 자꾸 시나리오화 되어 가고 있는 것 같습니다. '연극에 맞는 글이 뭔지 무대 위에서 구현되는 것이 어떤 것인지'에 대한 희곡 본질에 대한 고민을 조금 더 했으면 좋겠습니다.

그리고 희곡은 응축의 맛인데 자꾸 늘어놓는 경향이 있는 것 같습니다. 응축을 안 시키고 뭐 자꾸 붙이고 말이 많아지니까 산만해지고 이야기가 흩어지는 느낌입니다.

저도 희곡을 쓰는 희곡작가의 한 사람으로서 꼭 명심하도록 하겠습니다. (웃음)

오늘 인터뷰 해주셔서 다시 한 번 감사드립니다.

창작극은 당연히 그 양과 종류가 다양하다. 앞선 연우무대 그리고 작은신화와는 다른 형태와 성격을 가진 극단들은 다음과 같다.

우선 대학로가 처음 생성되기 전부터 '민족극' 또는 '민속극'이라고 불리는 우리 고유의 소재와 주제를 가지고 창작극을 하는 극단들이 있었다. 마당극과 춤패, 탈춤 공연으로 그 형태를 더욱 구체화시킨 민족극 극단들은 애석하게도 현재는 대학로에서 공연을 보기가 쉽지 않다. 1970년대 그리고 1980년대까지만 하더라도 암울했던 시대상을 대변하고 민중들의 응어리를 해갈하는 의미에서 마당극과 춤극 등의 많은 민속극들이 공연되었으며 극단 76과 연우무대 등 다른 극단들도 여기에 합세하여 하나의 큰 잔치 같은 성격의 마당극들을 선보였다. 대표적인 민속극 전문 극단은 극단 민예로 대학로에 오래된 극장인 마로니에 소극장을 2010년까지 운영하기도 한 극단이다. 연출가 허규를 대표로 하여 1973년 5월 3일에 창단된 극단 민예는 '민족극 예술극장'의 약칭인 극단의 이름처럼 서구극의 모방이나 도입에서 벗어나 전통극의 유산을 계승한 민족극을 창조하는데 그 목표를 두었다. 창단 1년여 만인 1974년 4월, 북아현동에 소극장을 개관, 1977년까지 훈련장으로도 역할을 하여 가면극의 춤사위, 민요, 판소리창, 무가, 민속무용 등으로 연기술을 다지고 탈과 꼭두각시 인형 등을 직접 제작하는 훈련을 하면서 전통연희계승을 위한 기본소양을 체계적으로 다져나갔다. 1979년 서대문을 거쳐 1987년 3월에 대학로로 옮겨와 마로니에극장을 오픈하고 개관 기념 공연으로 이근삼

작 정현 연출의 《낚시터 전쟁 학자와 거지》를 올린다. 그 후로도 극단 민예는 《고추 말리기》 등 우리 민족과 우리 한국의 현실에 맞는 민족극과 창작극을 선보였다.

다른 형태의 연극으로는 요즘 대학로 중심가에서 활발히 공연되고 있는 로맨틱 코미디와 개그 쇼 같은 소위 '상업극'으로 불리는 공연들이다. 필자는 개인적으로 '상업극'이라는 표현에 크게 동의하지는 않는다. 연극도 관객의 참여를 전제로 하는 대중예술인 만큼 '상업적이냐 아니냐'는 무의미한 구분이라고 생각한다. 1990년대부터 등장한 야한 연극 이른바 '포르노 연극'과 함께 개그콘서트 등의 개그 쇼 그리고 로맨틱 코미디물 연극들은 작품의 수준에 있어서 진정한 연극이 아니라는 비판을 받아왔다. 작품의 수준과 연극성에 대한 부분은 자칫 주관적일 수 있고 민감한 문제이므로 이 책에서는 다루지 않는다고 하더라도 '상업극'이라 불리는 작품들이 당장의 자극적인 소재와 관객들의 취향만을 고려해서 어설프게 만든 아마추어적 작품으로 변화될 위험성이 크다는 면은 분명해 보인다. 하지만 흔히 이야기하듯 대중들에게 인기가 많고 다소 가벼워 보인다는 이유로 '상업극'이라 불리는 연극들을 깎아내릴 이유는 없다. 극단 연우무대가 선보인 소극장용 뮤지컬 《오! 당신이 잠든 사이에》나 극단 학전이 꾸준하게 무대 위에 올리는 아동 가족극도 '상업극'이라는 이유로 작품성과 평단의 평가에서 다소 도외시되는 측면도 없지 않아 보인다. (물론 극단 연우무대와 학전의 작품들은 연극상도 다수 수상하며 평단의 지지 또한 적지 않게 받아왔다)

극단 학전은 김민기가 연우무대에서 나와 자신만의 분명한 색깔을 가지고 운영하고 있는 극단으로 아동극과 청소년극 그리고 소규모 뮤직 콘서트를 무대 위에서 선보이고 있다. 아동극이라는 이름으로 창작 연극을 이야기할 때 크게 다루어지지 않고 있는 학전이지만 저출산 시대 그 어느 때보다 아동들의 문화적 교육에 관심이 많은 이때 젊은 부모들에 의해 다시 주목을 받고 있다. 아동극과 가족극도 더 많은 극단들이 창작해 만들 필요가 있으며 (극단 연우무대도 2000년대 들어 아동극을 만들기 시작한다) 재평가가 시급하다는 것이 필자의 생각이다.

상업극의 또 다른 큰 축은 바로 '장르'연극이다. 문학에서도 순수문학과 구별하여 흔히 '장르문학'이라 불리는 것들이 요즘 유행하듯이 대학로에서도 '장르적' 특성을 지닌 극단들이 자신의 색깔에 맞는 작품들을 선보이고 있다. 그중에서도 돋보이는 것은 '공포 장르'로 현재 유명한 극단 지즐이다. 20대를 갓 넘겨 서른이 된 또래 배우들이 모여 창단한 극단 지즐은 '공포'연극으로 유명한데 배우 출신 연출가 석봉준이 직접 대본을 쓰고 연출한 작품《흉터》가 대표작이다. 대학로의 미래를 짊어질 젊은 전문직업극단으로의 또 다른 길을 개척하고 있다는 점에서 주목할 만하다.

개인적으로 필자는 '상업극'을 다루면서 가장 안타까운 것이 '상업극'도 한쪽으로 치우쳐져 있다는 것이다. 현재 대학로에서 '상업극'이라고 불리는 작품들은 2-30대 젊은 층이 많이 관람하는 로맨틱 코미디나 개그 쇼 혹은 공포연극 아니면 극단 학전의 아동극으로 대변되는 아동, 청소년들을 위한 작품들로 쏠려 있는 모양새다. 필자는 10여 년 전《바쁘다 바빠》라는 오픈런 공연을 봤던 기억이 있다. 꽤 재미있게 봤던 작품이다. 현재 대학로에는《바쁘다 바빠》같은 온 가족이 즐길만한 특히 중장년층이 부담 없이 즐길만한 상업극이 눈에 띄지 않는다는 것이 아쉬운 점이다. 대학로 상업 연극이 현재 로맨틱 코미디 뮤지컬 등의 젊은 관객들 취향 위주로만 공급이 맞춰져 있는 건 아닌지 생각해 보게 된다.

3. 대학로 소극장 거리의 '발전' : 극장들

- 극장과 거리
- 극장과 극단

극장과 거리

대학로라는 공간의 범위에 대해서는 기준에 따라 여러 가지로 나뉠 수 있겠으나 좁게는 지하철 4호선 혜화역 중심이며 더 크게 보면 혜화로터리에서 이화사거리까지의 약 1.5km 구간 그리고 아주 넓게 보면 성균관대 입구와 창경궁 인근 그리고 한성대 입구인 삼선교에 이르는 범위까지도 대학로로 부를 수 있다. 그만큼 현재 대학로 소극장의 수와 극단 수는 단일 면적 대비 세계에서 가장 많은 편에 속한다. 그러나 대학로라고 하면 흔히 지하철 4호선 혜화역 주변을 떠올린다. 현재 2021년 기준으로 이 혜화역 주변을 보통 '중심지'라고 부르고 있으며 이 '중심지'는 오픈런(Open-Run: 공연이 끝나는 날짜를 지정하지 않고 지속적으로 공연하는 것을 뜻함) 공연을 많이 볼 수 있는 곳으로 오픈런 공연은 보통 '상업극'이라 불리는 로맨틱 코미디나 개그 쇼 공연이다. 이런 오픈런 공연장은 다른 공연들에 비해 유료관객이 상대적으로 많은 편이며 특히 주말에는 젊은 관객들이 극장 밖에서 줄을 서서 기다리는 모습을 볼 수 있다. 다만 이러한 '상업극'이라 불리는 공연은 관객들을 유치하기 위해 속칭 '삐끼'라 불리는 젊은 아르바이트생들이 길 가는 사람들에게 호객행위를 하는 경우가 많은데 (혜화역 출구 인근에서 늘 볼 수 있다) 현재 2021년은 역 주변에서만 나름 통제된 분위기에서 호객행위를 하지만 10여 년 전만 해도 지나칠 정도로 호객행위를 하는 경우가 있어 많은 비판을 받았었다. 아울러 '상업극'이 일반 연극 공연을 앞질러 본격적으로 더 많은 관객과 수익을 내기 시작한 때로 이에 대한 편견 어린 시선이 더해져 더욱더 비판을 받았었다.

혜화로터리에서 이화사거리까지 조금 더 넓은 의미로 대학로 공간을 확장하면 현재 왕성하게 활동 중인 번역극, 창작극 극단들을 볼 수 있다. '중심지'에 있었던 기존 극단들이 임대료 상승 등의 문제로 하나둘 외곽으로 빠진 결과이다. 혜화역 중심지에서 다소 벗어난 이 지역을 흔히 '오프-대학로'라고 부르고 있으며 특히 혜화로터리 너머 성균관대 입구와 혜화초등학교 사이 골목에 많은 극장과 극단 사무실들이 자리하고 있다. 과장 섞어 이야기하면 현재 혜화역 주변 '중심지'라 불리는 곳은 로맨틱 코미디와 개그 쇼를 주로 하는 '상업극'이, '오프-대학로'에는 우리가 흔히 연극이라고 여기는 (?) 번역극과 순수 창작극이 공연되고 있다. 이 '오프-대학로'의 대표적인 극장으로는 선돌극장과 동숭무대 소극장 그리고 최근 장르연극으로 이름을 얻고 있는 지즐 소극장 등 나름의 특색과 성격을 갖춘 극장들이 자리하고 있다. 슬프게도 현재 이 '오프-대학로'도 역시 임대료 상승과 유료관객의 감소로 다시 어려움을 겪고 있는 극장들이 많아지고 있다.

　조금 더 벗어나 창경궁 인근과 반대편으로 한성대입구 쪽 삼선교까지 범위를 더 확장시키면 '오프-오프 대학로'라고 불리는 곳이 있다. 계속되는 임대료 상승의 탓으로 점점 극장과 극단 사무실들이 월세를 견디지 못하고 밀려난 끝에 현재 삼선교 및 한성대입구역 쪽은 극단 청맥, 극단 유랑선을 비롯하여 의외로 많은 극단 사무실과 여행자 극장 같은 극장들이 들어서기 시작하였다. 앞서 인터뷰를 통해 소개된 역사적인 극단 작은신화도 현재 한성대입구 쪽에서 극단 사무실을 운영하고 있다. 다만 '오프-대학로'나 '오프-오프 대학로'라는 표현은 편의상 구분을 위한 것에 지나지 않으며 무조건 극장과 극단들이 대학로에만 모여 있어야 하는 것은 아니라는 것과 오히려 더 많은 지역사회로 연극이 전파될 수 있다는 점에서 의도치는 않았으나 긍정적인 효과도 기대해볼수 있다. 애초에 대학로가 형성되기 전 명동에서 신촌으로 그리고 대학로로 극단들이옮겨 온 것처럼 대학로의 극단들과 극장들이 다른 지역으로 하나둘 이동하는 것 자체가큰 문제는 아닐 수도 있을 것이다.

참고로 전임 오세훈 前 서울시장의 경우 '세종벨트'라는 문화 프로젝트를 기획했었다. (물론 기획에서 그치고 실현되지는 않았다) 뉴욕의 브로드웨이나 런던의 웨스트엔드 못지않은 문화공간 조성을 목표로 세종로 주변 공연장, 미술관, 박물관을 묶는 개념인데 현재의 대학로 '연극의 거리'와 인사동 '미술의 거리' 그리고 돈의문 '국악의 거리'을 확장하여 한데 묶는 광범위한 구상이었다. 이렇듯 연극을 하는 공간이나 거리는 극단들의 자발적인 선택 이외에도 추후에 정부나 지자체에서 공공적 성격으로 다시 재편할 가능성이 농후하다고 생각한다.

전 훈, 극단 애플씨어터·안똔체홉극장 대표 및 연출가

"레퍼토리 시스템으로 1년 365일
진정한 체홉 연극을 선보이고 싶다."

안녕하세요. 대표님. 우선 인터뷰에 응해 주신 점 감사드립니다.

안똔체홉극장은 다른 극장과 달리 그 성격이 매우 명확하고 그래서 매력이 있는 극장이라고 생각합니다. 체홉 작품 전용관이라 할 수 있는데요. 대학로에서 한 작가에 집중해서 그 작가만의 작품을 꾸준히 레퍼토리로 공연하기는 쉽지 않으시겠지만 제 개인적으로는 언제나 체홉을 체험할 수 있다는 점에서 너무 좋아하는 극장입니다. 우선 안똔체홉극장을 하시게 되신 계기가 궁금합니다.

저도 그렇지만 원래 대학로에 체홉을 좋아하는 연극인들이 많습니다. 연극적으로 따지면 셰익스피어 아니면 체홉 아닌가요. (웃음)

체홉이라는 작가에 대한 경외심으로 사람들이 모인 극장입니다.

저 개인적으로는 체홉을 만나면서 작품도 작품이지만 인생에 있어서 큰 영향을 받고 터닝 포인트가 된 작가입니다. 그래서 더욱더 애착이 가고요.

예술가들이 자신이 좋아하는 작품이나 작가를 공유하고 싶어하는 게 다 있기 마련이니까 그렇게 의기투합된 사람들의 공간이라고 생각하시면 될 것 같습니다.

하필 체홉인 이유가 있을까요? 체홉이 구체적으로 어떤 의미로 다가오신 건가요?

저는 한국적 사실주의를 만들고 싶은 예술인입니다.

우리나라는 한꺼번에 여러 '이즘'이 막 들어온 것이 아닌가 하는 생각이 개인적으로 들어요.

어떤 사조나 사상이 들어오면 시간이 지나서 자연스럽게 그것에 대한 대항이나 반발로 다른 사조가 생기고 또 그것에 대항하는 다른 것이 생기는 식으로 순차적으로 진행이 되어야 하는데 선진 문화를 수입하면서 남들이 점층적으로 쌓아 올린 것을 한꺼번에 동시다발적으로 받아들인 게 아닌가 싶어요. 리얼리즘이 채 정립되기도 전에 부조리극이 들어오는 식으로요.

그래서 '리얼리즘 연극을 제대로 해보고 싶다. 한국적 사실주의 연극을 하고 싶다'는 생각이 강했고 자연스레 체홉 작품에 매진하게 된 것 같습니다.

제가 알기로 대표님께서는 러시아에서 유학하신 걸로 알고 있습니다. 아무래도 그런 경험도 영향을 미쳤다고 감히 판단을 해봅니다. 외람되지만 대표님께서는 대학로와도 인연이 깊으신 걸로 알고 있습니다. 그 경험이 또 지금 대학로에서 연극을 하시는 운명이 아닐까도 싶은데요. (웃음)

제 개인적인 이야기를 해드려야 할 것 같네요.

제가 90년대 러시아에서 공부를 했는데요. IMF 시기에 귀국을 했습니다. 그 당시가 한국에서 문화가 중흥할 때라고 생각하는데 대학로는 그 사이에 많이 바뀌어 있더군요.

제가 고등학교를 대학로에 있는 보성고(현재는 송파구로 이전)를 나오고 청운동에 살면서 안국동부터 이 대학로까지 참 많이 돌아다녔습니다. 대학로는 개인적으로 학창시절의 추억도 있는 곳이지요.

중·고등학교를 다녔던 80년대는 빵모자에 파이프 문 시인들도 볼 수 있고 문학하는 분들이 많았어요. 지금 같은 상업적인 분위기와는 사뭇 다른 분위기였던 것으로 기억을 합니다.

대학도 동국대 연극영화과를 다니고 거리가 가까우니까 성인이 되어서도 대학로는 정말 계속 가까이 했습니다. 대학로는 저에게는 고향이자 그리고 예술을 특히 문학을 입체적으로 경험할 수 있는 공간이었던 셈입니다.

러시아에 유학을 갔다 오신 게 90년대 후반으로 이때가 보통 대학로에 큰 전환이 있었다고 하는 시기입니다. 그 당시 대학로 분위기는 어땠나요?

유학 후 왔더니 IMF도 그렇지만 대학로 분위기 자체가 많이 바뀌어 있더군요. 개그 콘서트 같은 공연과 기획적인 프로덕션이 생기고 나중에는 심지어 나이트 클럽도 들어서더라고요. 가게들도 프랜차이즈들이 들어오고 점점 상업화되면서 땅값은 올라가고 제가 알던 대학로 분위기가 아니었어요. 그러다 우연히 《난타》에서 연출의뢰가 들어왔죠. 솔직히 처음에는 좀 당황했지만 세계화한다는 의미에서 같이 합류해서 했는데 나중에는 그것 때문에 이벤트 연출가로 이미지가 굳어지고 안 좋은 뒷말까지 듣게 되더군

요. 러시아까지 갔다 왔는데 《난타》 같은 걸 하고 있다고요. (웃음)

이제 다시 체홉 이야기로 넘어가겠습니다. (웃음) 체홉 작품을 집중하시기로 한 계기가 궁금합니다.

2004년부터 본격적으로 하게 되었습니다.

2004년이 체홉 서거 100주년이었는데 그래도 서거 100주년인데 기념 공연을 해야 하지 않겠나 싶어서 공연을 하게 되었습니다.

체홉 4대 장막을 봄, 여름, 가을, 겨울 나눠서 연달아서 하자는 아이디어를 냈고 주변의 배우들이 크게 호응을 해주었습니다. 정말 성공적으로 공연을 했지요. 관객들도 어려워 할 줄 알았는데 정말 재미있어 했습니다.

사람들이 체홉에 관심을 점점 더 가지는 것을 지켜보면서 연출가로서 다양한 작품으로 관객들과 만나는 것도 좋지만 한 작가에 집중하는 것도 나쁘지 않겠다 생각하게 되었지요. 그러면서 자연히 체홉 전용 극장을 만들면 좋겠다는 생각까지 하게 되었습니다.

처음에는 지금의 대학로 이 자리가 아니었다고 들었습니다.

2014년 서거 110주년 때, 110주년 기념으로 알려지지 않은 작품을 올리자고 했습니다. 아무도 안 했으니까요. 안톤 체홉의 숨겨진 4대 장막 전을 하기로 했어요.

《검은 옷의 수도사》이 작품은 원래는 중편소설인데 러시아에서는 희곡으로 올리더라구요. 그리고 《숲 귀신》, 《이바노프》, 《파더레스》 이렇게 네 작품을 사계절로 해서 공연을 올리기로 하고 극장을 알아보고 있었어요. 그때 마침 강남 서울종합예술학교 건물 내에 꽤 괜찮은 극장이 있는데 거의 놀고 있는 걸 알게 된 겁니다. 지금의 코엑스 옆 건물이었는데 1년에 무슨 제작발표회 한두 번만 하고는 거의 노는 거예요. 그래서 학교 이사장을 찾아가 상의한 끝에 그 놀고 있던 극장에서 서거 110주년 공연을 하게 되었습니다.

그랬다가 지금의 대학로로 오시게 되십니다. 대학로로 오시게 된 과정도 궁금합니다.
당시 코엑스 옆자리가 바로 지금 현대 사옥이 들어선 자리입니다. 현대 사옥이 들어서면서 어쩔 수 없이 쫓겨나가게 된 거죠.
10월 《이바노프》 공연 앞두고 있었는데 9월에 갑자기 극장을 구해야 하는 상황이 된 겁니다. 이미 표도 다 예매가 끝난 상황에서 정말 난감해진 거죠. 결국 여기저기 수소문한 끝에 예전에 '아트씨어터 문'이었던 지금의 이 극장으로 오게 된 거죠. 당시 이 극장도 이미 공연하기로 예정되어 있었는데 그 공연이 펑크가 나서 급하게 다른 공연을 올려야 했었거든요. 그렇게 인연이 되어 여기에 터를 잡게 되었습니다.
처음에는 너무 급하게 잡아서 정신이 없었는데 나중에 천천히 하나하나 보니 꽤 마음에

전 훈, 극단 애플씨어터 및 안똔체홉극장 대표 및 연출가.

들더라고요. 어쨌든 대학로라 그런지 관객은 강남에 있을 때보다 많이 오기도 했고요. '아직 대학로 죽지 않았구나' 라는 생각이 들더라고요.

그래서 여기가 차츰 마음에 들더군요. 창경궁 근처라 혜화역 인근 소위 말하는 중심지 에서는 좀 떨어져 있지만 상업적인 느낌도 없고 인간적인 냄새도 나고 식대도 싼 편이 에요. 그게 중요하죠. (웃음)

대학로에 오셔서 그래도 처음에는 우여곡절이 많으셨을 것 같습니다. 또 극장을 운영한다는 게 쉬운 일은 아니니까요.

2017년 메르스로 어려울 때는 6개월 동안 대관료를 못 냈습니다. 다행히 건물주께서 예술을 이해하시는 분이고 저희 어려운 사정을 이해해 주셔서 잘 넘어갔지요.

극장을 운영하면 정말 밑 빠진 독에 물 붓기 같다는 생각이 들 때가 많습니다. 너무 힘들어요. 자연히 극장을 어떻게 운영할 것인가에 대해 이런 저런 구상과 방법을 찾게 됩니다.

그래서 생각한 게 러시아처럼 레퍼토리로 운영하자! 입니다.

극장이 있으니까 월요일은 이 작품, 화요일은 이 작품 이렇게 매일매일 바뀌는 방식으로는 당장 힘들더라도 최소한 첫째 주는 이 작품, 둘째 주는 이 작품 뭐 이런 식으로 계속 레퍼토리로 진행해 사람들이 언제라도 찾아와 체홉 작품을 경험할 수 있게 하자라는 생각을 하게 되었습니다. 그렇게 17년부터 19년까지 나름대로 잘 돌아갔어요.

그렇게 하면 좋은 게 뭐냐면 야구단처럼 시즌권을 판매할 수 있습니다. 시즌권을 판매하면 미리 자본을 확보할 수 있고 그만큼 추후 공연에서 무대 세팅 등에 더 투자할 수 있게 되는 선순환이 일어나는 것이지요. 관객 동원 면에서도 시즌권 가진 사람들이 현실적으로 일 년 모든 공연을 다 직접 보는 것은 힘드니 주변 사람들에게 권하고 그렇게 시즌권 가진 관객들이 주변에 다른 사람들을 데려오니 관객층이 점점 늘어날 수 있고 일석이조이지요.

이렇게 나름 이상적인 구조로 가나 했는데 2020년 코로나로 다시 리셋되어 버렸습니다. (웃음)

하지만 레퍼토리를 운영하는 것은 재정적인 것도 그렇고 너무 부담이 크지 않을까요?

처음에 현실적으로 어려운 게 사실이지만 정착이 되면 그다음부터는 생각보다 수월합니다. 물론 처음에는 비용도 많이 들지만 계속하면 추가 코스트는 없다는 점도 있고요. 그러자면 최소 4~5년은 걸리는데 그때까지 버티려면 어쩔 수 없이 어느 정도 소모적인 투자가 필요하긴 합니다. 개인적으로 이런 중장기적인 계획을 실현할 수 있는 예술 중흥의 국가적 지원이 필요하다고 봅니다.

시즌권을 파는 극장이라. 참 신선한 발상인 것 같습니다. 대표님께서는 극장에 대한 철학이 확실하신 것 같습니다. 현재 대학로의 극장을 운영하는 많은 극단들이 사실 자신들의 극장임에도 현실적인 문제로 대관에 치우쳐 본인들의 극장에서 정작 자신들의 공연을 못하는 경우가 많습니다. 이러한 대학로의 현실에 큰 참조가 될 것 같습니다.

극장을 대관만 한다는 것은 숙박업을 한다는 것과 똑같은 겁니다. 극단마다 성격이 따르고 컬러가 다르듯이 극장도 특성이 있고 그 극장을 관리 운영하는 상주 단체가 있어야 합니다. 극단이 곧 극장이 되어야 하고 극장이 교육의 장소가 되어야 합니다. 감히 말씀드리지만 저희 안똔체홉극장 같은 극장이 10개만 있어도 '연극의 거리'라는 대학로에 한층 더 매력이 더해질 것입니다.

극장이 교육의 장소가 되어야 한다는 말도 매우 공감이 되는 말입니다.

일 년에 배출되는 연극영화과 졸업생들을 생각하면 공급이 많은 것도 문제지만 더 문제는 이들이 졸업 후 몸담게 되는 극단이 제대로 교육을 못 시키고 있다는 겁니다. 개인적으로는 대학교에서는 그냥 이론만 가르치고 실제 실기 및 경험은 아카데미나 각 극단들이 자신의 색깔에 맞게 교육을 시키는 게 더 나을지도 모른다는 생각입니다.

그러면 자연히 실력 있고 잘하는 극단으로 사람들이 몰려서 좋은 배우와 작품이 나오게 되겠지요. 교육이 정말 중요하고 극장은 그러한 교육의 장소가 되어야 합니다. 제가 유학을 다녀왔기에 말씀드리자면 러시아는 극단-극장-학교라는 트라이앵글이 정말 잘 돌아가는 구조입니다.

러시아는 아무리 유명한 영화나 드라마 배우라 해도 극단에 소속이 되어 있어서 1년에 무조건 몇 번은 의무적으로 소속 극단 무대에 참여해야 하고 또 그걸 큰 영광으로 여깁니다. 왜냐하면 그렇게 무대 위에 서서 다시 교육을 받고 연기에 있어서 재충전을 할 수 있다는 것을 알고 있거든요. 자만해지지 않고 실력을 유지하는 비결이죠. 또 관객 입장에선 실제 좋아하는 배우의 모습을 볼 수 있는 기회이기도 하고요.

극장이 단순히 공연만 하는 곳이 아닌 평소에는 극단원들 교육 장소로도 쓰여야 한다는 점에서 대표님께서 생각하시는 이상적인 극단은 극장을 가지고 있어야 하겠네요.

그렇게 하면 교육도 교육이지만 실제 공연에도 도움이 됩니다.

극단 단원들이 교육을 받으면 공연 때 오퍼레이터 등 스태프로도 일을 할 수 있는데 스태프도 마찬가지입니다. 스태프 일도 일종의 교육이고 그것을 통해서도 많은 것을 배울 수 있거든요.

사실 공연을 제대로 하자면 극장 특성에 맞는 무대 디자이너와 의상 디자이너가 오래 있어야 하는데 현실적으로 경제 사정에 따라 그 스태트들이 떠도니까 퀄리티가 떨어집니다. 극장 공간에 대한 이해가 있어야 무대나 의상 디자인과 세팅이 완벽해지거든요.

생각해 보니 예전 여기 안똔체홉극장에서 대표님께서 연출하신 《벚꽃동산》을 본 적이 있습니다만 저는 3막 시작할 때 3막의 무대 세팅을 보고 정말 놀랐습니다. 어떻게 저렇게 창의적인 생각을 하셨을까? 이 역시 극장 공간에 대한 이해가 있어야 가능한 것이겠죠?

한 공간에 오래 있고 그 공간을 알게 되면 자연히 좋은 아이디어가 나오기 마련입니다. 연출가가 상주하는 공간을 가지고 있으면 얻을 수 있는 장점이지요. 그런 면에서 구나관에서 모집하는 상주 단체는 그 기간이 너무 짧습니다. 1년이 무슨 상주인가요. 솔직히 대관이라고 봐야지요. 진정한 상주가 되려면 넉넉히 10년은 줘야 합니다!

처음 3~4년 시행착오를 거치면 어차피 공모를 통해 심사해서 뽑은 단체인 만큼 나중에는 반드시 빛을 보게 될 겁니다.

하지만 지금의 체제로는 길어봤자 1년이니까 결국 그냥 지원금만 받고 1년 대충 버티고 나가려 하는 경우도 많을 겁니다.

이상적인 극장의 모델을 정리해서 말씀해 주시면 좋을 것 같습니다.
야구로 예를 들어 보겠습니다. 양키즈 스타디움!
미국 프로야구팀 뉴욕 양키즈의 홈구장 양키즈 스타디움은 오른쪽 펜스가 상대적으로 짧습니다. 이러한 홈구장의 특성 때문에 뉴욕 양키즈는 타자를 영입할 때 우타자보다는 좌타자를 최우선으로 선호하고 영입하려 한다죠. 바로 자신들의 홈구장 특성에 맞게 전략을 짜는 겁니다. 극장도 똑같아요. 이상적인 극장이란 우선 극단이 상주해야 하고 그 극단이 자신들의 가치관도 추구하는 방향에 맞게 극장 공간을 활용할 수 있는 극장이 가장 이상적인 극장이라고 생각합니다.

롯데 자이언츠의 열광적인 팬으로서 정말로 공감이 되는 말씀입니다! (웃음)
오늘 다시 한 번 인터뷰에 응해주셔서 감사드립니다.

극장과 극단

현재 대학로에 존재하는 소극장은 150여 개로 1.5km 남짓한 거리(물론 크게 보면 '오프-오프 대학로'라 불리는 삼선교까지 그 범위는 확장된다)에 이렇게 공연장들이 많이 들어차 있는 것은 전세계적으로 찾아보기 힘든, 신기하면서도 기형적 구조다.

이렇듯 많은 수의 소극장이 존재하는 만큼 그 무대 위에서 공연하는 수많은 연극인들이 존재하고 극단들이 존재한다. 현재 대학로에 존재하는 극단들은 극장 수와 마찬가지로 그 수가 많고 최근에는 '1인 극단'의 형태로도 존재한다.

보편적으로 대학로의 극단은 '극장'과 '작품'을 기준으로 다음과 같이 나눠볼 수 있다.

1. 극장을 운영하고 있으며 운영하는 극장의 공연 대부분을 자신들의 작품으로 공연하는 극단
2. 극장을 운영하고 있으면서 운영하는 극장의 공연 대부분을 대관해주는 극단
3. 극장을 운영하면서 극단의 작품을 공연하지 않고 대관만 해주는 극단
4. 극장을 운영하지 않고 작품 때 극장을 빌려서 하는 극단

가장 이상적인 형태는 단연 1번의 형태로 극단이 극장을 운영하면서 자신들의 방향과 가치에 맞는 공연을 지속적으로 하는 경우다. 대부분 극단들이 처음 시작할 때 추구하는 목표로 단연 가장 이상적인 형태일 것이다. 하지만 현실적으로 가장 취하기 어려

운 모델이다. 현재 대학로 지하 극장의 평균 월세는 450만 원에서 500만 원 정도인 것으로 파악된다.(한국소극장협회 조사 결과) 이는 평균치이므로 중심가나 상업시설 인근 유동인구가 많은 골목에 위치한 극장은 월 1,000만 원 가까운 월세를 감당해야 한다. 중-대형극장이 아닌 대부분 영세한 작은 극단에서 이러한 월세를 감당하는 것은 쉽지 않다. 실제 현재 대학로에서 극장을 운영하는 극단은 많으나 그 극장을 온전히 자신들의 작업공간으로 활용하는 극단은 보기 힘들다. 50% 정도만 본인들 작품 공연에 활용하고 나머지 50%는 대관으로 돌려 1년 쉬는 날 없이 계속 극장을 운영해도 월세를 감당하기 힘든 상황이다.

이러한 현실적인 이유로 현재 가장 흔히 볼 수 있는 극장 형태는 2번과 3번의 경우다. 현재 대부분은 2번과 같은 상황이며 이마저도 대관이 들어오는 작품이 있어야 유효한 방식이다. 따라서 많은 극단들이 2번에서 3번의 형태로 자의 반 타의 반 울며 겨자 먹기로 방향을 바꾸는 중이다. 극장을 가지고 있음에도 현실적인 문제로 대관만을 하는 경우 원래 극단이 극장을 가지는 취지(공연 외에 단원들이 상주하고 모여 훈련과 교육을 겸하는 것)를 살리기 어려워지며 점차 단원들로 구성되는 '극단'이라는 성격이 변해 '프로덕션 화' 되는 경향을 보이고 있다. 실제 현재 대학로의 많은 극단들이 기존 극단의 '단원제' 시스템에서 기획과 제작 위주의 '프로덕션'으로 변하고 있으며 신생 극단들 같은 경우 처음부터 '프로덕션 체제'를 표방하고 주식회사 형태로 창단되는 예도 있다.

연출가 동인 프로젝트 혜화동 1번지, 사진 이민우   현재의 동숭무대 소극장

　　대학로의 극단들은 극장 운영 방식과 동시에 그 안에 소속되어 있는 인원들의 성격에 따라서 '동인제', '단원제', '프로덕션' 체제로 구분할 수 있는데 '동인(同人)'은 뜻을 같이 하는 사람들끼리 모인 것으로 초창기 연극인들에게서 많이 볼 수 있는 작업 형태이다. 초기 극단 연우무대와 연출가들이 모여 특정 주제를 가지고 특정 기간 동안 작품을 발표하는 '혜화동 1번지'가 대표적이다. '동인제' 시스템으로 유명한 또 다른 극단은 극단 가교다. 1965년 5월 신문회관에서 이근삼 작, 김승일 연출의 《데모스테스의 재판》을 창단 공연으로 시작한 극단 가교는 2012년 극단 체제로 바꾸기 전까지 정말 오랫동안 동인 시스템을 유지해 온 극단이다. 대중들에게 즐거움과 위안을 줄 수 있는 공연을 하는 것을 목표로 창단 후, 학교와 전국의 교도소, 소년원 등을 찾아다니는 순회 공연을 통하여 대중과 소통해온 극단 가교는 동인제 특유의 자발성과 유연성을 바탕으로 공연 외에도 학교에서 연극을 지도하는 교사들을 위한 세미나를 열기도 하였다. 또한 민주적인 분위기 속에 다양한 시도나 아이디어들을 실천했는데 천막 극장 운영과 소록도나 교도소, 마을회관 등 정식 극장이 아닌 곳에 극장을 만들어 오래전부터 이미 지역사회에 들어가 지역주민들과 소통해 온 극단이다. 1970년대 이후 동인제가 하나둘 개인 대표 체제의 극단으로 바뀌는 변화에도 동인제를 고수하며 작품에 임해왔다.

　　이러한 '동인제' 체제 이후 여러 극단들은 현재 가장 많이 볼 수 있는 체제인 '단원제'로 진화(?)하였는데(물론 극단에 따라 단원제에서 동인제로 변화한 경우도 있다) 극단에 정식 단원으로 소속되어 공연 및 교육 그리고 스태프의 일을 책임지고 하는 경우다. 문제는 현실적인 이유로 대부분의 극단들이 단원들에게 월급은 고사하고 작품에 따른 인건비도 제대로 지불하지 못하는 경우가 많고 시대의 흐름에 따라 연극영화과가 많아지고 해당 대학들이 대학로에 진출해 자체 극장들을 운영하게 됨으로써 전문적으로 연극을 배운 인원들보다 비전문적인 아마추어들이 단원으로 들어오는 비율이 높아져 일의 진행과 지속성이 떨어지고 있다는 데 있다. 이러한 문제점들 때문에 기존의 많은 극단들과 신생 극단들은 극장을 운영하거나 책임단원들을 따로 뽑는 시스템이 아닌 기획과 제작에 집중하고 실제 공연을 할 때는 배우나 스태프를 단기간 '외주' 주는 식으로 공연 때마다 따로 모집하는 '프로덕션' 시스템으로 변화하기도 했다.

현재 대학로 극단들은 이러한 다양한 선택지 중에서 과거 자신들이 극단을 창립했을 때의 이상과 현재의 상황 그리고 앞으로의 목표라는 다양한 고민들 속에서 본인들에게 최선이라고 생각하는 방식을 채택하고 있는 것이다.

손기호, 선돌극장 및 극단 이루 대표

"창작자들이 편안함을 느끼는 최상의 공간을 제공한다."

안녕하세요, 대표님.

인터뷰에 응해주신 점 감사드립니다.

네. 반갑습니다.

대학로 연극과 소극장 거리의 발자취를 취재하신다니 제가 오히려 감사할 따름입니다.

제가 큰 도움이 될지는 모르겠지만 제가 알고 있는 범위 내에서 답변드리겠습니다.

저도 다시 한 번 감사드립니다.

우선 선돌극장이 처음 만들어진 과정이 궁금합니다.

선돌극장은 2007년에 개관하였습니다.

2007년 개관했을 당시는 젠트리피케이션(Gentrification)이 연극인들에게 생존의 문제로 체감되기 시작할 때였습니다. 젠트리피케이션(Gentrification)이 언론에 다뤄지면서 사회적 이슈로 부각되기 전이었지만 치솟는 임대료 등의 변화에 반해 '이대로는 안 되겠다', '이렇게는 안 되겠다'라는 생각을 하게 되었고 연극의 고유성을 지키기 위한 목적으로 지어졌습니다.

그리고 2007년 11월 개관 이후, 첫 기획 공연이 6인의 연출가에 의해 이루어진 '선돌에 서다' 프로그램이었습니다.

대표님께서는 현재 선돌극장 대표님이시기도 하지만 대학로 연극계에서 또 다른 역사의 증인이시기도 하십니다. 실례가 안 된다면 연극을 하신 발자취를 여쭤 봐도 될까요? 연극을 하시면서 선돌극장을 운영하셔야겠다는 생각은 어떻게 하시게 되셨는지도 여쭙고 싶습니다.

저는 극단 연우무대에서 연극을 시작했습니다.

연우무대에서 생활을 한 후 독립을 해서 제 극단을 만들었습니다.

당시에 '우리만의 색깔을 가진 공연을 만들어 보자'라는 생각을 했었습니다.

그런데 작업을 하다 보니까 자연히 극장의 필요성을 느끼게 되었습니다. 극장이 없으면 공연이 원하는 대로 안 된다는 걸 절감했습니다.

그래서 극장 만드는 일에 관여하게 된 것 같습니다.

그렇게 극단 차원에서, 더 좋은 공연을 안정적으로 무대 위에 올리기 위해 극장을 운영하려고 했습니다.

그렇다면 선돌극장을 만드시면서 중점을 두시거나 신경 쓰신 부분이 있으신지요?

연극 하는 사람들이 좋아할 수 있는 공간으로 만들자!

그래서 창작을 마음껏 발휘할 수 있는 공간을 만들어 보자!!

정말 그 생각을 가장 1순위로 생각했습니다.

사실 지금도 무대 위에서 공연하는 배우나 무대 뒤에서 준비를 하는 작업자들을 힘들게 하는 극장 공간이 많습니다.

저도 극단 생활을 했기 때문에 공간이 주는 현실적인 애로점과 불편함을 알고 있고 그 것이 실제 공연에 영향을 꽤 크게 미친다는 걸 알고 있습니다.

그래서 최대한 작업자들에게 편한 환경을 만들어 주려고 했습니다.

조명기도 많이 하고 음향 시설도 많이 하자!

그래서 콘솔도 72개 채널까지 소화할 수 있게 하고 조명기도 100대 이상 구비했습니다. 또 객석 이동도 자유롭게 할 수 있도록 설계부터 고민을 많이 했던 것이 사실입니다.

'선돌에 서다' 1회 공연부터 거의 매년 빠지지 않고 극장을 빛내주는 극단 놀땅의 최진아 연출이나 김승철 연출 같은 경우, 객석의 자유로운 이동과 활용을 선호하는 스타일입니다.

이런 연출들의 성향에도 맞게 양면 이동까지 가능하게 설계했었습니다.

그래도 극장을 운영하시면서 힘드셨던 점이 있지 않으셨습니까.

점점 극장을 운영하고 관리한다는 게 초인적인 영역으로 넘어가는 시대입니다.

물론 힘든 점이 많았습니다. 그래서 지금은 연극을 하고 싶다는 후배들에게 '그냥 하지 마'라고 이야기하기도 합니다. (웃음)

90년대 중반 이후, 《미란다》 같은 소위 '포르노' 연극이 유행하고 《라이어》 같은 오픈런 상업극이 대세가 되면서 오히려 연극계가 힘들어진 측면이 있습니다.

대학로에서 연극을 한다, 특히 극장을 운영한다고 하면 무슨 떼돈을 번다고 주변 사람들이 생각하던 시절도 있었지만 실상은 그렇지 않거든요.

사람들은 연극 중에 극히 일부인 예를 들면 '포르노' 연극을 보러 오는 건데 대학로 연극 전체가 히트를 친다고 생각을 하니 임대료 가격은 계속 상승하고…….

돈도 돈이지만 무엇보다 우리가 하고 싶었던 연극을 하는 것 자체가 힘이 들더군요. 어디 극장을 빌려서 해도 그 극장주도 상업적인 부분을 간섭했습니다.

그래서 이 선돌극장을 운영하면서는 현장 연출가를 위한 공간이 되어야겠다라는 생각을 가지게 되었습니다.

그렇게 '선돌에 서다' 프로그램을 첫 회부터 첫 공연으로 시작해 지금껏 해오고 있습니다.

매년 선돌극장에서 하는 '선돌에 서다' 프로그램 시즌을 일부러 기다리는 팬들도 있을 정도입니다. 선돌극장은 이 '선돌에 서다' 외에도 극장 차원에서 여러 프로그램을 기획하고 시도하였습니다. 대표적으로 어떤 프로그램을 기획하신 것이 기억에 남으시는지요?

'입체 낭독극'입니다.

문학 텍스트와 그것을 기반으로 한 무대 공연을 접목한 것인데 요즘은 이러한 콜라보레이션을 많이 하지만 사실 극장 차원에서 무대 위에서 문학 작품을 기반으로 무대 공연까지 시도한 건 저희가 최초라고 할 수 있습니다.

2011년에 박완서 작가님 작품으로 입체 낭독극을 했습니다.

당시 최명숙 연출가님이 일본을 다녀오셨는데 그곳에서 문학 작품을 주제로 입체 낭독극을 하는 걸 보신 거예요. 다녀오셔서는 "일본에 갔더니 그런 참신한 걸 하더라, 우리도 해보자." 그렇게 해서 입체 낭독극을 시작하게 되었고 최명숙 연출가님은 《해산 바가지》등 박완서 작가님의 작품으로 낭독극을 하였습니다. 박완서 작가님 외에도 문순태 작가님 작품 등 많은 한국 문학 작품을 가지고 입체 낭독극을 하였습니다.

'선돌에 서다'와 '입체 낭독극' 등 극장에서 기획하는 프로그램 외에도 극장을 운영하시니까 대관을 통해 극장을 사용하게끔 하는 경우가 많으실 텐데요. 선돌극장은 많은 연극인들이 공연을 하고 싶어 하는 극장 중 하나입니다. 아무래도 대관과 관련하여 심사를 하셔야 하는 경우도 생기실 것 같은데 혹시 대관을 위해 심사하신다고 하면 작품을 선택하시는 기준이 있으신가요?

돈을 많이 주면 되죠 뭐. (웃음)

그래도 이름이 좀 알려져서 그런지 젊은 후배 연극인들 중에는 저희 극장에 대관 신청하는 걸 부담가지는 분들도 종종 계신 것 같더라고요. '처녀작'이다, '신인 작품'이다, 이런 건 절대 따지지 않습니다. 불이익도 없고요. 다른 곳도 마찬가지지만 정말로 작품만 보고 판단합니다. 물론 정보를 들을 수 있다면 작품 외에 극단과 그 연출팀에 대한 판단도 하죠. 하지만 어디까지나 작품만 보고 대관을 결정합니다. 굳이 기준이 있다면 '창작극'을 우선적으로 본다 정도일 것 같습니다. 그래도 20년 넘게 이 연극계에 발을 담구고 있습니다. 아직 부족한 게 많지만 작품이나 작가를 보는 내공은 어느 정도 생기더군요. 신인들의 에너지를 오히려 좋아하고 그 에너지 때문에 아직도 연극을 하고 있는 것 같습니다. 그러니 너무 부담가지지 말고 신인 후배님들도 과감하게 대관 지원을 해보세요. 잠깐, 갑자기 극장 홍보하는 것 같네요. (웃음)

저도 희곡을 씁니다. 나중에 저도 한 번 선돌극장에 대관 신청을 해보겠습니다. (웃음)
이야기를 좀 바꿔보겠습니다. 현재 '대학로 소극장 거리의 탄생과 흥망성쇠'를 주제로 인터뷰를 하고 있습니다. 선돌극장을 기준 삼아 '시간'과 '공간'에 대해 두 가지 질문을 드리려 합니다.
우선 선돌극장이 생긴 후 현재까지 대학로에 많은 변화가 있습니다. 아까 젠트리피케이션도 언급하셨지만 혹자는 대학로 연극계의 위기를 이야기합니다. 이러한 최근의 추세에 대해서 어떻게 생각하시는지요?
선돌극장이 생기기 전부터 연우무대에서 연극 생활을 했으니 그 시절부터 거슬러 말씀을 다시 드리겠습니다.

90년대 연우무대에 있을 때만 해도 사실 극단이 지금처럼 많지 않았습니다. 극단이 일 년 동안 공연을 하면 평가가 안 좋은 작품도 있지만 한 작품만 히트를 쳐도 관객들이 계속 들어오고 그걸로 극단이나 극장 운영이 가능했던 시절입니다. 특히 대학교를 타겟으로 홍보를 하면 반응이 컸습니다.

지금도 그렇지만 여성 관객들이 상대적으로 공연예술에 대한 관심이나 수요가 많았고 그래서 이화여대 같은 여대를 중심으로 홍보도 많이 했었습니다.

그 이후에 앞서 말씀드린《미란다》같은 '포르노' 연극이나 개그맨들이 하는 콘서트 등 상업연극들이 하나 둘 생겼지만 그래도 그때까지도 어느 정도는 '상생'하는 분위기였던 것 같습니다. '컨벤션 효과'랄까 그런 것도 있었던 것 같고요.

제 개인적으로는 최근 2~3년간이 가장 큰 변화의 변곡점에 있었다고 봅니다. 진짜 그 전과는 달리 환경이 너무 많이 변했습니다. 스마트폰도 큰 이유가 아닐까 싶네요. 솔직히 스마트폰 하나로 할 수 있고 볼 수 있는 게 너무 많습니다. 스마트폰을 비롯한 새로운 모바일 기술들이 연극계에 큰 변화를 가지고 오는 것 같습니다.

말씀하신 부분에 저도 동의합니다. 실제로 코로나 사태가 심각해진 이후, 여러 극단들과 극장들이 공연을 영상으로 찍어서 관객들로 하여금 극장에 오지 않아도 언제든지 공연을 볼 수 있게끔 영상과 온라인 서비스를 시도하고 있습니다.

코로나 사태 때문에 극장에 관객들이 올 수가 없으니 어쩔 수 없이 그렇게 해야 하는 부분이 당연히 있습니다. 하지만 저 개인적인 생각으로는 무대 공연을 영상으로 찍어서 보여준다는 것이 아직은 한계가 크지 않나 생각합니다. 성격 자체가 다르잖아요. 무대 위에서 하는 예술과 영상으로 찍는 것은.

무대 위에서 하는 연극은 극장이라는 공간의 '공간성'과 '동선'까지도 계산해서 움직이는 결과물입니다. 하지만 연극을 영상으로 찍는다는 것은 어느 극장에서 어떤 특색을 가진 극장에서 해도 결과가 다 똑같이 나오기 때문에 연출과 배우들이 그 공간에서 보여주는 '동선'과 '공간성'에 대한 이해가 없어진다고 생각합니다.

그 부분은 지금의 추세가 영상 및 OTT 플랫폼을 적극 활용 할 수밖에 없는 상황에서 계속 고민해야 할 무거운 질문 같습니다.

극장의 '공간성'에 관한 질문을 이어 가겠습니다. 선돌극장은 흔히 '오프-대학로'라고 불리는 지역에 위치하고 있습니다. '오프-대학로'라는 이야기를 들으시면 어떠신지요?

저도 그런 말은 들어보았습니다.

하지만 '오프-대학로'라는 표현에는 크게 동의하지는 않습니다. 어차피 관객들이 작품을 선택하고 극장을 올 때 어디에 있냐를 기준으로 오지는 않으니까요. 관객 입장에서는 의미 없는 구분이라고 생각합니다. 만약 새로운 극장이 생긴다고 해도 어차피 지금의 혜화역 인근은 재정적으로 많이 힘들 겁니다.

그러니까 대학로가 점점 확장되어 가는 것이지요. '오프-대학로' 같은 용어가 아니라 그냥 대학로가 상징하는 연극의 개념이 점점 확장되어 가는 것 아닐까 싶습니다.

민감한 질문일 수도 있지만 극장을 운영하시고 계시기에 감히 드리는 질문입니다. 특히 코로나 사태로 인해 현실적으로 극장 운영이 힘드실 것 같습니다. 이럴 때 나라에서 많은 지원을 해야 하지 않나 싶기도 합니다만 혹시 나라나 관련 부처에 바라시는 점이 있으신지요?

솔직히 없습니다. (웃음)

제 생각에는 평소에도 관련 부처나 소극장협회에서 열심히 잘 하는 것 같습니다. 코로나 사태 때도 초기에 적절하게 대응을 잘 했다고 생각하고요.

다만 대학로극장이 폐관했을 때 다시 한 번 느꼈던 것이지만 혜화동 1번지나 연우무대 등 민간이 하고 있는 민간 소극장 중 역사도 오래되고 상징성이 있는 극장들은 관에서 사든가 아니면 운영권을 넘겨받아 같이 운영을 하든가 하면 어떨까 하는 생각은 듭니다.

지금 대학로에 있는 모든 민간 소극장들을 지원하거나 살릴 수는 없겠지요. 하지만 오랜 역사와 상징성을 가진 소극장들은 그 자체로 또 하나의 문화유산 아닐까요.

2020년 8월 26일부터 9월 6일까지 선돌극장에서 공연되었던 기국서 연출,
기주봉, 정재진, 박윤석, 임지수 출연 사무엘 베케트 원작 《엔드게임》 마지막 장면.

극장을 실제 운영하고 계시니 더 현실적인 안을 말씀해주신 것 같습니다. 마지막으로 지금
도 연극을 위해 어디에선가 땀을 흘리고 있을 연극 후배들에게 하시고 싶으신 말씀이 있으
실까요?

예전에 연우무대에 있을 때, 선생님들 중 한 분께서 이런 말씀을 하셨던 적이 있으십니
다. 연극을 1, 2년 하고 때려치울 수도 있지만 10년은 해봐야 한다고. 그래야 비로소 연
극이 뭔지 알게 된다고. 살아보니까 맞는 말 같아요. 아마 극단 생활을 하고 있는 분들이
라면 공감하실 거라고 생각합니다. 어차피 도태될 사람은 자연히 도태되어 어느 순간
극장에 안 나타납니다. 그러니 잠시 쉬고 있다고 해서 포기하지는 말았으면 좋겠습니
다. 가끔 고민을 하는 후배들을 만납니다. 그러면 그냥 더 견뎌 보라고 말해주곤 합니
다. 일희일비하지 말라고요. 무책임한 말처럼 보일 수도 있지만 사실 연극은 언제나 어

려웠습니다.

마지막으로 대표님께서 현재 꿈꾸시는 목표가 있으신지요?
항상 작업자들이 좋은 작품을 할 수 있는 공간을 제공하도록 하는 것입니다. 극장을 운
영하는 사람한테 그건 꿈이면서 동시에 의무니까요. 그리고 방금 후배들한테 버티라고
말했으니까 저도 최선을 다해야겠지요. 버티라고 해서 잘 버티고 공연을 하러 왔는데
극장이 준비가 안 되어 있으면 안 되지 않겠습니까. (웃음)

대표님과의 인터뷰를 통해 연극에 대한 대표님의 사랑을 다시 한 번 느끼게 되었습니다. 감사
드립니다.

최진아, 극단 놀땅 대표 및 연출, 희곡작가

"극단 운영을 통해
글쓰기 이상의 것을 배운다."

안녕하세요. 대표님. 대표님께서는 '놀땅'을 처음 연습실로 시작하셨다고 들었습니다.

'놀땅'이 어떻게 만들어졌는지 궁금합니다.

연극을 하고 싶은데 어떻게 시작해야 하는지 몰라 막막해하고 있을 때였어요.

여성연출가들 여섯명이 모여 연극을 하는데 도중에 한 명이 구멍이 났다고 섭외가 온

거예요. 얼른 한다고 했어요. (웃음)

'젠더 크리에이티브 페스티벌'이라고 연우무대에서 한 작품을 4일간 돌아가며 하는 공연

이었는데 그때 '놀땅'이라는 이름을 처음 썼어요. 제작 연출로 함께 참여하게 됐는데 제

작 이름을 개인으로 하는 것보다 단체로 하는 게 낫다고 생각했거든요. '극단'이라고 내

걸기는 아무것도 없어서 '연극 연습실 놀땅'이라는 이름으로 올렸지요. 그게 시작이에요.

첫 시작이 뭔가 재미있는 것 같습니다.

그러면 어떻게 지금의 극단으로 발전하시게 된 건가요?

초기엔 혼자 '놀땅'을 만들고, 희곡을 써서 아는 배우들에게 보여주면서 작품을 같이 하

자 하고 공연을 올렸어요.

제가 대표도 하고 글도 쓰면서 연출도 하는 '1인 극단'이었죠!

그렇게 5~6년 연극을 하다가 운 좋게 지원금을 많이 받는 일이 있었어요. 극단 등록을

하려면 돈이 필요했는데 그 돈으로 극단 등록도 하고 단원들 입회비도 낼 수 있겠다 싶

었어요. 그동안 같이 해온 동료들 혹은 마음에 드는 연극인들 옆에 가서 옆구리 찌르면서 '너 극단 놀땅 안 할래?' 이렇게 해서 7~8명의 단원으로 모양새를 갖췄지요. (웃음) 그렇게 알음알음 극단을 하다가 3년 전에 처음으로 공지를 통한 단원 모집을 시작했습니다. 사실 그동안은 돈도 없고 돈이 없으니 연 단위 계획을 못 짜서 계획적인 극단 운영이 힘들었는데 3년간 중장기 지원금을 받게 되면서 극단의 장기계획을 세울 수 있게 된 거지요. 최소 3년은 제대로 살림할 수 있겠다 안심이 되면서 지금은 비교적 안정적으로 극단을 운영하고 있습니다.

본격적으로 극단을 운영하시니 어떠셨는지요? 아무래도 그전에는 고민하지 않으셨던 부분도 자연히 고민하시게 되셨을 것 같은데요.

저는 작가이기도 하니까 그전에는 제가 관심 있는 사건을 찾아 희곡을 쓰고, 지원 신청하고, 공연 날짜를 잡으면서 거기에 맞춰 극단이 연습하고 움직였었죠. 좀 단출했어요. 하지만 극단 대표가 되니 극단이라는 단체 안에서 함께하는 사람들의 욕구를 어떻게 채워줄 수 있을까. 또 무엇보다 체계를 어떻게 만들까를 고민할 수밖에 없게 되더라고요. 연극 경력은 많지만 극단 대표로서의 경력은 짧으니까요. 아직 단원들에게 월급을 주지는 못해도 작품 참여비는 얼마를 줘야 하는지부터 단원들이 극단에서 어떤 연극을 하고 싶은지 어떻게 운영되길 바라는지 혹 운영에 불합리는 없는지 등등 구성원들의 욕구가

최진아, 극단 놀땅 대표 및 연출가, 희곡작가.

무엇인지를 고민하게 되었고, 극단이라는 이름 아래 이들과 어떤 책임을 공유하고, 어떤 사업계획을 세워야 하는지 등을 계획해야 한다는 필요를 절감했어요. 연극을 하겠다고 모인 단원들도 있고, 연극을 만들 의지가 있으니까 극단에서 연극을 창작하고 무엇인가를 시도해 볼 수 있는 추진력은 확실히 더 있는 것 같아 좋습니다.

극단 놀땅이 추구하는 가치가 있을까요? 예를 들어 극단 76은 부조리극을 한다, 연우무대나 작은신화는 창작극을 한다 이런 식으로요.
저 개인적으로는 좋은 연극을 만드는 게 제일 중요하다고 생각해요. 좋은 연극이란 무엇일까요. 글을 쓸 때도 항상 그 고민에서 시작하고요. 사실 되게 막연하죠. 그래서 항상 단원들과 이야기하고 언어화하면서 구체화하는 작업을 수시로 하고 있습니다. 극단 놀땅의 지향점이라면 '창작극'을 한다는 겁니다. 제 생각에 연극이란 현재 우리 이야기를 직접 우리가 할 때 힘이 생긴다고 봐요. 세계 고전 명작도 좋지만 현재 이 시대를 살고 있는 지금 우리 예술가들이 현재 고민하고 있는 지점을 담아내는 창작극이 더 생동감이 있다고 해야 할까요.

배우들을 비롯해 같은 단원분들과 항상 고민하시는 듯합니다. 작품을 선정하고 연습하며 무대 위에 올리실 때 어떤 방식으로 작업을 하시는지요?
제가 희곡을 완성해서 일방적으로 던지는 게 아니라 배우들과 함께 만들어가요. 초고를 써서 배우들을 만나 이야기하고 의견을 듣고 재고 삼고를 내는 방식으로 작업을 합니다. 작품의 초기부터 함께 논의가 이루어지기 때문에 배우들도 작품의 주제에 대해 함께 고민하고 이해하면서 작업에 참여하지요. 무대에서 구현은 결국 배우 몫인데 배우와 함께 토론하고 이야기 나누는 것이 중요하다고 생각합니다. 배우들의 좋은 아이디어를 받기도 하고 생생한 배우의 감각을 만나기도 합니다.

대표님께서는 90년대 연우무대에서 연극을 시작하셨습니다. 그만큼 오랜 시간 대학로의 변화를 지켜보셨을 텐데요. 90년대에 비해 지금의 대학로는 어떻게 점에서 변화가 있다고 보시는지요?
지금의 대학로는 정말 풍성해졌습니다. 정말 다양한 주제와 형식들이 있어요.
제가 연극을 시작할 때만 해도 연극은 선생님들이 희곡을 선정해서 연출하고 거기에 배우들을 참여시키는 식이 많았어요. 그런데 지금은 또래집단들의 연극창작과 진취적인 시도들이 활발해졌습니다. 어떤 지도자 밑에서 연극을 창작하는 것이 아닌 연극구성원들이 함께 의기투합하여 창작하는 분위기라고 해야 할까요.

제가 느끼기엔 그 흐름이 90년대 후반부터 서서히 시작됐다가 요즘 본격적으로 개성 있는 연극들이 물결치는 것 같습니다. 그러다 보니 여성 등장인물도 다양해졌어요. 전에는 미인 아니면 아줌마로 양분되었다면 지금은 전형적인 인물이 아닌 자신의 개성을 가진 인물들로 확장되었어요. 여성 등장인물의 변화와 함께 여성 배우들도 각자의 매력으로 빛나는 인물을 창조해내고 있다고 봅니다. 내용도 다양해졌어요. 소수의 의견들, 개인의 소소한 감성들, 인권의 문제, 여권과 퀴어 등등 거대 담론이 아닌 주제를 다루는 연극들요. 중요한 것은 그와 같은 연극을 읽어주고 지지하는 공동체가 연극계에 함께 커가고 있는 거예요.

방금 대학로 연극이 시대의 흐름에 따라 어떻게 변화했는지 말씀해주셨는데요. 연극의 3요소 중에 '관객'이 들어가 있는 만큼 그에 따른 관객의 변화도 궁금합니다. 지금 관객들은 어떤 연극을 선호한다고 생각하시는지요?

관객의 호응은 단순한 관객의 숫자도 있지만
어떤 사안을 어떻게 논란화하는 것과도 관련이 있다고 생각해요.

관객의 요구는 관객의 수만큼 다양한데 새로운 관객층의 대두라고 해야 할까요. 아까도 말씀드렸듯이 예전에 의미를 두지 않았던 문제에 질문을 던지는 연극들이 생기고 그에 호응하는 관객들이 나타난 거지요.

다른 것도 그렇듯이 연극은 만든 사람 못지않게 그것의 가치를 인정해주며 향유하는 사람들 그러니까 관객이거나 평자이거나 간에 그러한 사람들의 힘으로 지속하고 발전하는 예술이거든요. 그중에 특히 펜을 든 사람의 힘이 크고요. 연극의 목소리가 영향력이 생기는 거지요. 상대적으로 그런 지지층이 없는 연극은 열세에 놓일 위험이 있다는 말이기도 합니다.

불편한 질문이면서 대표님이 '여성'이시기에 또 너무 뻔한 질문일 수도 있습니다. (웃음) 최근 몇 년 사이 우리나라를 휩쓴 '미투 운동'이 연극계에도 있었습니다. '여성' 연극인으로서 '미투 운동'을 어떻게 바라보고 계시는지요?

당연히 '미투 운동'을 환영합니다.

저는 '미투 운동'을 통해 몰랐던 것을 배우기도 했어요. 오랫동안 혼자 모호하고 애매했던 사건들이 있었는데 '미투 운동'을 통해 그 사건의 정체를 파악하게 된 거랄까요.

'미투 운동'을 한 분들의 급진성과 공격성이 지탄받기도 하는데 저는 그분들의 노고를 통해 만들어진 새로운 사회 분위기로 제가 덕을 보고 있다고 생각합니다. 가치 판단도 그렇고.

게릴라극장이 없어진 건 좀 아쉽기는 하지만…….

그래도 사라져야 하는 게 맞다고 생각해요. 사라질 수밖에 없다고 해야 하나. 게릴라극장과 연희단 거리패가 연극계의 큰 자산이었던 것은 사실이어서 더욱 가슴 아픈 일이에요. 연희단 거리패 공연 중에 아름다웠던 작품이 많았거든요. 그래서 충격이 더 컸고, 연극 풍토에 대한 반성과 각성도 많이 일어났어요. 연희단 거리패 출신인 개인이 불이익을 받아서는 안 되지만 연희단 거리패라는 단체는 책임질 일이 있는 거지요.

민감할 수 있는 주제에 대해 답변해 주셔서 감사합니다. 질문을 바꿔보겠습니다.

극장 이야기를 하겠습니다. 대표님께서는 선돌극장 첫 개관 공연의 주인공이시기도 한데요.

(2007년, 《사랑, 지고지순하다》)

극장을 따로 운영하시고 계시지 않으니 공연을 올리실 때 극장을 고르실 겁니다. 혹시 극장을 고르실 때 중요하게 생각하시는 기준이 있으신가요?

연극이 관객을 어떻게 만나는가를 결정하는 것이 바로 극장이 가진 공간성이라고 생각해요. 저는 관객이 이 연극에 침투하는 느낌을 주는 극장이 좋아요. 예전에 《오이디푸스, 알려고 하는 자》는 무대와 객석을 막 섞었는데요. 관객들이 싫어하지 않을까 공연 전에는 걱정도 많았어요. 무대와 객석의 경계를 허물고 배우들이 관객들 사이를 막 지나가는 동선을 만들고, 처음에는 서서 보라고 했다가 나중에 앉으라고 했거든요. 그런데 의외로 관객들이 배우와 가까이 있는 걸 좋아하더라고요.

그때, 아! 관객들은 극장이 놀러오는 곳이라는 것을 아는구나! 라는 걸 깨달았어요. 극장을 선택하고 무대를 디자인할 때 무대가 관객과 가까운 느낌을 주는 디자인을 생각해보고 있어요. 그러나 이것은 공연이 어떤 내용과 형식이냐 에 따라 얼마든지 달라질 수 있어요.

혹시 기억에 남는 극장이 있을까요?

대학로는 아니지만 남산예술센터요.

반원으로 돌출한 무대와 원형으로 둘러싼 개방형의 구조가 연극이라는 것을 다시 생각하게 해요. 사실 제약이 많지만 그 특유의 개방성 때문에 남산예술센터 무대는 관객을 특별하게 만나게 하고 있어. (슬프게도 2020년을 끝으로 남산 예술센터는 운영을 종료했다)

대학로의 극장에서는 혜화동 1번지요. 굉장히 작거든요. 그래서 더욱더 창의적이 돼요. 그 비좁은 공간을 넓게 쓰려고 객석을 10석 줄이고 배우 동선을 연장하려고 일부러 'ㄱ'자로 무대를 디자인했어요. 불편하기는 하지만 관객과의 밀착감은 아주 큰 극장이에요.

선돌극장도 좋아해요.

선돌극장은 연극을 아는 사람이 설계했다는 것이 느껴지는 극장이죠. 뭐든 가능해요.

객석을 양면무대로도, 삼등분해서도 쓸 수 있고, 개구멍도 있고, 등퇴장로도 많고 여러 가지를 시도할 수 있어요. (최진아 대표는 선돌극장 개관작에서 양면 무대를 시도하였다.)
선돌은 무엇보다 극장을 지을 때 객석 디자인, 바닥 작업, 못질, 페인트칠 등 하루하루 극장의 모양새를 갖춰가는 것을 다 목격했던 곳이라 더 정이 가는 것 같아요. (웃음)

어느덧 연극을 하신 지 20년이 넘은 것 같습니다. 후배 연극인들에게 조언해주시고 싶으신 말씀이 있으신가요?
극단에 들어간 것으로 하면 20년이 넘지만 중간에 들락날락을 좀 많이 해서 그렇게는 못되고요. 굳이 말을 하자면 시야를 넓게 가졌으면 좋겠어요. 작가 입장에서도 쓸 이야기가 정말 무궁무진해요. 그 무궁무진한 것에 도전했으면 좋겠습니다!
사람이 어쩔 수 없이 자기가 체험한 한도 내에서만 생각하고 그게 가장 좋은 것인 줄 알거든요. 그런데 절대 그렇지 않다는 것. 자기가 체험한 것 외에도 더 많은 것이 있다, 생각지도 못한 것들이 이 세상에 많다는 것을 억지로라도 항상 주지했으면 좋겠어요.

마지막으로 대표님께서 지금 가장 흥미를 가지고 계신 관심사가 무엇인지 궁금합니다.
개인이요. 하나의 개인!
대체 인간이라는 한 개인이 어떻게 생겨먹었는지 계속 생각하고 탐구하고 있어요. 세월

호 사건이 저에게는 너무나 큰 충격이었어요. 그때 정말 '앞으로 연극을 어떻게 해야 하지, 무슨 이야기를 해야 하지' 그 질문을 묻고 또 물었답니다.

지금은 한 개인이 이 구조 속에서 세상을 어떻게 바라보고 어떻게 살고 무엇을 느끼고 있을까, 또 어떤 정의를 내리며 행동 규정을 정하며 어떤 선택과 행동을 하고 있을까 등 개인에게 무슨 일이 일어나고 있는지에 관심이 많아요. 아직 드러나지 않은, 발현되지 않은 인간 존재의 모습이랄까요.

그런 아직 파헤쳐지지 않은 것들을 막 파헤치고 싶습니다.

대표님을 통해 저도 계속 탐구하고 정진해야겠다는 생각을 가지게 되었습니다.

다시 한 번 인터뷰에 응해주신 점 감사드립니다.

대학로 아르코예술극장, 사진 류시욱

4. 대학로 소극장 거리의 '성장통'

- 대학로의 위기
- 새로운 시대와 변화

대학로의 위기

1990년대 이후 대학로는 큰 위기를 맞이한다. 임대료 상승에 따른 월세 문제가 본격적으로 극단들을 옥죄게 된다. 사실 연극의 위기를 이야기할 때 '작품성'과 같은 내부적인 요소는 '연극 공연' 하나의 위기를 이야기할 때에 유효하다. 하지만 연극판 전체 그리고 산업으로서 연극의 위기를 이야기할 때는 작품성과 같은 내부적인 요인 아닌 외부적인 요인이 더 크게 작용할 것이다. 1990년대 대학로는 전성기를 맞이한다. 문제는 이러한 연극계의 호황이 바로 연극인들에게 큰 짐이 되어 돌아왔다는 것이다. 《불 좀 꺼주세요》로 20여 만의 관객을 동원하며 엄청난 성공을 거둔 대학로극장의 임대료는 원래 100만 원이었던 월세가 300만 원대로 급상승했고 폐관을 결정했던 2015년에는 급기야 400만 원을 훌쩍 뛰어넘어 10년 새 무려 4배가 상승하였다. 젠트리피케이션이 대학로를 강타하고 있는 것이다! 이러한 젠트리피케이션이 극장들을 하나둘 잡아먹기 시작했는데 2004년 대학로가 문화지구로 지정되면서 더욱 가속화된다.

문화예술진흥법 상 대학로는 2004년 인사동에 이어 두 번째로 '연극의 거리'로서 '문화지구'로 지정되었다. (문화지구는 역사와 문화 자원을 관리, 보호하고 문화 환경 조성을 도모하려고 지정하는 구역이다.) 하지만 이는 오히려 대학로가 상업지구로 변질되는 결과를 낳았으며 건물주들에게만 이득이 되는 결과를 초래했다. 문화지구 지정으로 공연장이나 전시장이 들어선 건물은 고도 제한이 5층에서 6층으로 완화됐고 융자금을 지원받을 수 있게 되었다. 결국 한 층을 더 올릴 수 있고 지원도 받을 수 있다는 말에 건물주들은 너도나도 극장을 만들기 시작했고 이는 필연적으로 공급과잉으로 이어졌다. 2004년 57개였던 극장은 2007년 100개를 돌파했고 2015년에는 130여 개를 넘어섰다. 젠트리피케이션으로 많은 극장과 극단들이 대학로에서 쓰러지기 직전에는 극장이 170여 개까지 우후죽순 생겨나게 된다. 10년 사이에 무려 세 배가량 극장 수가 늘어난 것이다. 일반 상품과는 달리 부동산의 임대료는 상점 수가 많아진다고 해서 가격이 떨어지는 것이 아니다. 대학로 소극장들은 공급과잉과 함께 유료관객을 나눠 가져야 하는 만큼 예전의 수익을 내지 못한 채 점점 치솟는 월세를 감당하지 못하게 되었다. 결국 이러한 이중고를 견디지 못하고 2010년대부터 극장의 폐관이 가속화된다. 2012년 배우세상 소극장이 폐관되었고 (2021년 11월 현재 '소극장 시월'로 운영 중) 정보 소극장이 폐관되었으며 2013년 대학로 학전 그린 소극장은 예그린시어터로 간판을 바꾸었고 2015년 상상아트홀이 폐관되었으며 김동수플레이하우스가 폐관되었다. 그리고 앞서 말한 대학로 흥행의 상징이었던 대학로극장이 넘어지는 일이 벌어지게 된다. 170여 개까지 늘어난 극장 수는 현재 간신히 150개 정도를 유지하고 있는 중이다.

대학로에 찾아온 위기는 젠트리피케이션뿐만 아닌 '포르노 연극'으로 불리는 일명 저질 연극의 출현과도 연관이 있다. 90년대 연극이 예상외로 돈이 될 수 있다는 생각이 퍼지면서 혜화역 인근 골목 등에서 주인공들이 진짜로 옷을 벗고 전라(全裸)로 돌아다니며 성행위를 연상시키는 퍼포먼스를 하는 '포르노 연극'들이 생겨난다. 연극도 대중예술이며 그에 맞는 하위문화(下位文化)가 생기기 마련이기에 '포르노 연극' 자체에 노이로제 반응을 보일 필요는 없다. 문제는 이런 연극들이 기존에 있었던 연극과는 성격이 너무 달랐고 이러한 연극에 동의를 하는 관객이나 동의하지 않는 관객 모두에게 기존의 대학로 연극에 대해서 다시 재고(再考)하도록 하는 계기를 만들었다는 것이다. 특히 이는 1997년 대학로를 시끄럽게 했던 연극 《미란다》와 관련된 재판으로 여론화되었는데 (연극 《미란다》 논란 −남주인공이 동경하던 여성 '미란다'를 납치, 사육한다는 내용의 영국 소설가 존 파울즈 원작 소설 《콜렉터》가 1994년 연극 《미란다》로 각색되어 한국에서 공연되었는데, 주연 여배우의 전라 노출 등이 음란연극으로 찍혀 사법조치를 당하게 된 일) 이러한 '포르노 연극'에 부정적이었던 관객들은 대학로 연극의 수준을 차츰 의심하기 시작했고 반대로 '포르노 연극'에 개의치 않거나 호의적으로 받아들인 관객들은 기존 연극인들의 '포르노 연극'의 반대 운동을 '밥그릇 싸움'이나 '예술을 한다면서 야하다는 이유로 다른 사람의 작업을 존중하지 않는다'고 바라보게 되었다. 이와 별개로 '포르노 연극'은 길거리 행인들을 잡아 세워 호객행위를 하는 흔히 말하는 '삐끼짓'으로 악명이 높았는데 이때부터 '삐끼'가 대학로에서 문젯거리가 된다. 사람들이 차츰 연극을 성가시고 불편한 것으로 인식하게 된 또 다른 원인 제공자이기도 한 것이다.

하지만 '포르노 연극'은 현재 혜화역 인근 대학로 중심지역에서 활발하게 공연되고 있는 로맨틱 코미디 등 '상업극'들의 예고편 성격이 크다. 1990년대 넘어 2000년대에 진입하면서 대학로에는 과거와 같은 '거대 담론과 순수 예술'이 아닌 '철저한 개인과 상품이 되는 예술'이 유행하게 된다.

정재진, 연극배우·前 극단 대학로극장 및 대학로극장 대표

"내가 바로 대학로
소극장 역사의 산증인이다!"

안녕하세요, 선생님. '대학로 소극장 거리의 탄생과 흥망성쇠' 인터뷰에 응해주셔서 다시 한 번 감사드립니다. 선생님께서는 대학로 소극장들 중에서도 역사가 오래되었던 '대학로극장'의 대표님이셨습니다. 누구보다 대학로 소극장 역사를 잘 아시고 이야기해주실 수 있다고 생각하는데요. 선생님께서 처음 '대학로극장'을 운영하셨을 때의 이야기부터 듣고 싶습니다.

원래 소극장 공연에 관심이 많았어요. 극단 76이 대학로로 이사 와서 자리를 잡을 때 76 소극장 짓는 일에 내가 직접 돕기도 했지요. (실제 정재진 대표는 극단 76과 인연이 깊으며 《관객 모독》과 최근의 《엔드 게임》 공연 등 극단 76 작품에 많이 출연하고 있다.)

연극에 관심이 있었기 때문에 나도 대학로에 들어오게 되었고 처음에는 학림다방 밑에서 '마리오네트'라는 카페를 했어요. 예술가들이 한데 모여 즐기고 어울리는 독일의 슈바젠 거리 같은 걸 상상했죠. 그런데 생각했던 것과 다르더라고. 당시 대학로가 지금처럼 번화하지는 않았지만 그래도 장사를 한다는 게 어디 한두 푼 드나. 커피 몇 잔 팔아서는 도저히 가게가 유지가 안 되는 거야. 결혼을 하고 나서는 결국 응암동으로 옮겨서 3년 정도 술장사를 했어요.

세상에. 그때 마침 통금도 풀리면서 늦은 시간까지 손님들이 오고, 진상들도 매일 상대하고, 좋아하는 연극은 하지도 못하고 고생했지요. 마침 아내가 둘째를 가져서 술장사에 한계도 오고 마지막으로 내가 해보고 싶은 일을 하고 싶어서 그때 마침 대학로극장이 새 주인을 구한다고 해서 해보겠다고 한 거예요.

정말 남다른 각오로 대학로극장을 운영하시게 되셨던 거군요.

당시 지인들이 다 말렸었어요. 지금이나 그때나 극장을, 그것도 연극 극장을 운영한다는 건 정말 희생이 필요한 일이니까. 더군다나 당시는 개인이 극장을 운영한다는 건 생소할 때라 주변에서 다들 걱정했었죠. 내가 갈빗집 아들이에요. 이 극장 사업 해보고 망하면 갈빗집을 하겠다고 이야기하고 대학로극장을 하게 된 거예요. (웃음) (지은이 주: 아이러니하게 대학로극장은 2015년 폐관 이후 그 자리에 고깃집이 들어왔다.) 그렇게 시작한 건데 26년간 잘 버텨왔지요.

대학로 전성기는 흔히 1980년대 말에서 1990년대 초라고 불리는 것 같습니다. 그 당시 대학로 분위기에 대해 여쭙고 싶습니다.

88년 올림픽 전후했던 시기가 연극의 전성기였던 것 같아요. 그때는 소위 '장사'가 정말 잘 됐어요. 우리 극장뿐만 아니라 대학로 전체적으로 웬만한 공연은 다 객석 점유율이 60%가 넘었거든. 생각해 보면 '차 없는 거리'가 큰 역할을 했던 것 같기도 해요. 개인적으로는 이 차 없는 거리가 잠시 없어졌을 때, 그때부터 슬슬 대학로에 사람들 발길을 뜸해진 것 아닌가 싶기도 해요. 지금 다시 생기기는 했지만 이 '차 없는 거리'가 확실히 큰 효과가 있었던 것 같아요.

1980년대 말-1990년대 초, 대학로 전성기 시절 대표님께서도 《불 좀 꺼주세요》로 엄청난 성공을 거두십니다. 연극 《불 좀 꺼주세요》를 하시게 된 계기가 궁금합니다.

사람들이 연극에 관심을 가지고 대학로가 활성화되기 시작할 때가 우리나라에 포르노라는 것이 막 들어와 전파되었을 때예요. 당시 연극배우들도 삼삼오오 짝을 지어 포르노를 구경하러 술 한잔 마시고 다 같이 신림동 여관으로 가곤 했었죠. 자연히 이런 생각이 들더라고요. 연극은 왜 저렇게 과감하지 못하느냐! 대학로 연극도 점잖 빼지 말고 좀 더 노골적으로 사랑을 표현해 보자! 그렇게 이만희 작가와 이도경 배우와 의기투합해서 만든 작품이 《불 좀 꺼주세요》였어요.

연극 《불 좀 꺼주세요》의 인기는 대단했던 것으로 알고 있습니다.

(이만희 극작가가 쓴 연극 《불 좀 꺼주세요》는 1992년 1월부터 1994년 12월까지 3년 6개월 동안 1,157회의 장기 공연기록을 세우고 동시에 20만 명 이상이 관람한 히트작이다. 1994년 영화 《서편제》, 가수 김건모의 노래 〈핑계〉와 더불어 '서울 정도 600주년 기념 보존할 만한 대중문화'로 선정돼 타임캡슐에 소장되기도 했다.)

아무래도 노출이 있었으니까. (웃음)

이만희 작가가 여배우에게 가슴 노출이 있는데 그래도 할 수 있겠느냐고 먼저 물었고 괜찮다고 해서 작가가 여배우를 염두에 두고 쓴 작품이에요. 암전되기 전에 "잠시 보시죠"하고 가슴을 보인 후 하나-둘-셋-하면 암전이 되는, 지금 보면 솔직히 아무것도 아닌 그런 수위 낮은(?) 작품인데 그 당시에는 정말 센세이션했죠.

지방에서 아줌마들이 버스를 전세 내서 단체로 올 정도였어요. 그때는 좌석제가 아닐 때라 늦게 오면 그냥 공연을 못 보는 거였거든요. 멀리 지방에서 오신 분들은 당연히 늦게 도착하게 되니까 자리를 두고 맨날 싸웠지요. (웃음) 매진이라고 하면 이거 하나 볼려고 멀리서 왔는데 어떻게 좀 안 되겠냐고 사정하는 사람, 떼쓰는 사람, 화내는 사람들 때문에 봉변도 많이 당했어요.

《불 좀 꺼주세요》의 대성공으로 이후, 소위 '포르노 연극'이라는 외설적인 작품들이 우후죽순처럼 발표되었습니다. 어떻게 보면 '예술성'을 중요하게 여기던 대학로에 생긴 최초의(?) 상업극들이라고 봐도 무방할 것 같은데요.

《불 좀 꺼주세요》 이후 대학로 뒷골목에서 하루에 무려 5회나 공연을 하는 포르노 공연들이 아류처럼 마구 등장했어요. 극장 앞을 지나가면 사람들이 진짜 이런 걸 보러 오나 싶거든. 매표소 앞에도 사람 하나 없고. 그런데 딱 공연 시작 시간이 되면 어디 숨어 있었는지 여기저기서 남자들이 막 나와서 줄을 선다니까. 젊은 학생들부터 일 끝나고 막 퇴근해 온 회사원들까지. 입장료도 비쌌어요. 그런데 진짜 매일매일 사람들이 그거 보려고 줄을 서고 그때부터 호객을 하는 삐끼들이 나타나기 시작했어요. 돈을 아마 엄청 벌었을 거예요. 그 삐끼를 반년만 해도 소나타 차 한 대 뽑는다고 했었을 정도니까. 실제로 7층짜리 건물을 올린 사람도 나왔어요.

2015년 '대학로극장 폐관' 이야기로 주제를 바꿔보겠습니다. 30년 이상 대학로를 지켜왔던 대표님의 대학로극장이 2015년에 폐관을 했고 당시 많은 연극인들이 충격을 받았었는데요. 대학로극장이 폐관을 하게 된 이유는 무엇이었는지요?

임대료 문제죠 뭐.

폐관을 했을 당시 집주인이 정말 터무니없이 집세를 올려달라고 해서 싸우고 나온 거예요. 한 달에 150만 원이었던 대학로극장의 임대료가 2014년 340만 원으로 그리고 2015년에 440만 원으로 훌쩍 오른거예요! 세상에 이게 말이 됩니까! 2015년에 너무 화가 나서 폐관을 하면서 '대학로 연극은 죽었다'고 상여 퍼포먼스를 했죠.

2004년에 대학로는 '문화지구'로 지정이 되었습니다. '문화지구'로 따로 지정되었다는 것은 관심도 더 받고 지원도 받을 수 있다는 것인데 대학로극장이 폐관된 2015년도 그렇고 지금까지도 많은 극장들이 현재 위기를 겪고 있습니다. 임대료 상승으로 인한 문제는 정부나 지자체에서 완전히 해결할 수는 없다 해도 쓰러지지 않게 도움을 줄 수 있었을 텐데요.

대체 뭐하러 문화지구로 지정을 했나 모르겠어요.

문화지구로 지정이 됐지만 연극인들에게는 실제 아무런 혜택이 없었어요. 그냥 집주인

정재진. 연극배우 · 前 극단 대학로극장 및 대학로극장 대표.

들만 좋은 일 시킨 거예요. 실제 문화지구 지정은 두 번째로, 대학로 그 이전에 인사동이 있었죠. 그 인사동 지금 어떻습니까? 인사동에 있던 갤러리와 미술관들이 다 쫓겨났잖 아요. 대학로도 똑같아진 거예요. 바탕골 소극장도 아예 없어지려는 걸 연극인들이 항 의하고 계속 매달려서 울며 겨자 먹기로 지금까지 억지로 하고 있습니다. 그나마 극장 을 리모델링해서 지금 로맨틱 코미디만을 하는 상업연극 전용관으로 성격이 바뀌었죠. 지금의 대학로는 그냥 상업 유흥가라고 생각해요.

대학로 소극장 거리가 현재까지 겪고 있는 문제는 비단 임대료 인상에 따른 '젠트리피케이션' 만 있지는 않을 겁니다. 오랜 시간 동안 극장을 운영하시면서 느끼신 다른 문제나 연극인들이 오랜 시간 동안 극단과 극장을 운영할 때 겪어야 하는 현실적인 제약이 무엇이 있을까요?

법. 그리고 규제도 문제입니다.

극장을 운영하면 돈도 돈이지만 법 규정과 규제 때문에 연극에 집중을 하지 못했던 경 험이 있습니다.

대학로극장 바로 옆이 초등학교인데 《불 좀 꺼주세요》 공연 당시 그 초등학교로부터 고

소를 당했어요. 퇴폐업소라고! (웃음)

고소한 교장도 시인이라는데 세상에 어떻게 소극장을 퇴폐업소라고 신고를 할 수가 있는지……. 그래서 내가 여기 대학로가 연극의 거리인데 나가려거든 당신네 학교가 나가라고 응수했죠.

그런데 웃긴 게 어쨌든 벌금은 내라고 하더라고. 그때 당시 1990년대에 벌금 30만 원 냈어요. 그리고 그 다음에 또 퇴폐업소라고 신고를 한 거예요.

연극 공연을 하는 소극장을 퇴폐업소라고 고소했다는 건 상식적으로 이해하기 힘드네요.

연극에 대한 사람들의 인식 자체가 지금과는 달랐던 것도 영향이 있죠. 그때 《불 좀 꺼주세요》가 흥행할 때 주변에서 어찌나 공짜표 달라고 부탁들을 많이 하던지. 연극을 제 돈 내고 사서 봐야 한다고 생각을 잘 못 할 때였죠. 심지어 어느 소방서에서는 공짜표 달라고 하면서 제목이 《불 좀 꺼주세요》니까 자기들 공연이라고 하더라고요. (웃음)

그러니 시인이라는 사람이 학교 옆에 있는 극장을 퇴폐업소라고 고소를 하는 거죠. 내가 도저히 못 참아서 헌법소원을 냈어요.

결과는 어떻게 되셨습니까?

재미있는 게 나 말고도 전라도 광주에서 30년 넘게 영화관을 운영하는 사람도 똑같이 헌법소원을 냈더라고요. 그 사람은 1년 전에 들어온 건너편 유치원에서 영화관이 유치원 아이들 정서에 유해하다고 고소를 당했다는 거예요. 영화관을 폐쇄하라고요. 그래서 나처럼 헌법소원을 낸 거죠. 그렇게 헌법재판소까지 갔고 결국 승소했어요. 그 덕분에 우리 극장뿐만 아니라 당시 학교 가까이에 있었던 동숭무대 소극장이나 김동수 플레이 하우스도 한시름 놓게 되었지요.

2015년에 대학로극장이 폐관되고 선생님께서는 충북 단양 만종리로 가십니다. 그리고 그곳에서 대학로극장을 '재개관' 하십니다. 하루에 한 번 버스가 오고 가는 시골 동네에 낮에는 농사일을 도우며 마을 사람들과 하나가 되고 저녁에는 연극 연습을 하면서 대학로극장을 시골에 다시 부활시킨 것이지요. 결국 2015년 7월 24일 노천 무대 위에서 연극《노인과 바다》를 하시며 당시 만종리는 물론 인근 지역사회에 큰 반향을 일으키십니다. 만종리 계셨을 때 어떠셨는지요?

사람들의 반응이 아주 뜨거웠어요!

관객이 300명 넘어 오고 나중에는 경찰까지 와서 통제하고 난리도 아니었어요!

그리고《노인과 바다》를 할 때는 날씨도 도와줬어요. 야외 무대에서 공연을 하고 있는데 때마침 살짝 빗줄기가 떨어지면서 분위기가 자연스럽게 고조되더라고요. 그러니 사실상 연극이라는 걸 처음 본 동네 어르신들이 바로 감동을 받으신 거죠.

하지만 만종리에서도 곧 나오시게 되십니다. 만종리에서 아직 연극 축제 비슷한 걸 하는 것으로 압니다만 처음 선생님의 대학로극장과 극단 76이 같이 내려가 토대를 만들어 공연했던 것과는 분명 다를 텐데요. 만종리에서 나오시게 된 계기가 있을까요?

처음에 공연이 큰 반응을 얻고 사람들 입에 오르내리고 매스컴도 타니까 지자체에서 관심을 보였어요. 충남 단양이 '바보 온달' 이야기로 유명하니까 지역 특성화를 고려해 꽤 많은 돈의 후원금을 받아 바보 온달 이야기를 해달라고 해서 공연을 준비했지요. 문제는 당시 지자체에서 이런 사업을 해본 적이 없었던 데다 필연적으로 여력이 안 되었던 것 같아요. 차라리 운영 및 모든 걸 우리한테 일임해서 맡겼으면 괜찮았을 텐데 많은 돈을 주었으니 관리가 필요해서 그랬는지 경험이나 여력이 안 되는데 운영을 하려고 하다 보니 힘에 부친 거죠. 어이없는 게 그렇게 많은 돈을 줬는데도 결국은 1회, 딱 한 번만 무슨 이벤트식으로 공연하고 그냥 끝나버렸어요. 그 후에 여러 뒷이야기가 나오게 되고 해서 결국 만종리에서도 나오게 된 겁니다. 다시 한 번 느끼지만 우리 연극인들은 연극을 하는데 있어서는 프로 아닙니까. 프로한테 돈을 줬으면 프로가 알아서 하게 해야 해요. 관여는 해도 괜찮지만 관리를 하려 한다거나 간섭을 하면 결국 될 일도 안 된다는 걸 다시 한 번 느꼈지요.

만종리 때도 그렇고 선생님께서는 기국서 대표님을 비롯해서 극단 76과 작품을 많이 하십니다. 특히 기국서 대표님이 연출하고 선생님께서 주인공을 맡으신《기국서의 햄릿》은 그 당시 큰 화제였는데요. 극단 76이 선생님께서 추구하시는 연극 철학과 비슷한가 봅니다.

아까도 이야기했지만 원래 소극장 연극에 관심이 많았고 극단 76이 대학로에 왔을 때 76 소극장을 만들 때도 같이 내 손으로 극장을 만들었어요.

처음 대학로극장을 할 때 당연히 평생 계속 극장을 운영할 생각으로 한 거고. 구체적으로는 한 작품을 오랫동안 공연하고 싶었어요. 다리오 포의《돈 내지 맙시다》그 작품을 내가 엄청 좋아해요. 그래서 다리오 포의 이《돈 내지 맙시다》를 계속 공연하는 게 처음 대학로극장 시작할 때부터 꿈이었어요. 결국 못했지만. (웃음)

기국서 연출과 극단 76하고 잘 맞는 것 같아요.《햄릿》때도 그렇지만 최근에도 새뮤엘 베케트의《엔드 게임》도 같이 협업하고 있죠.

마음이 맞는 예술적 파트너. 나와 극단 76은 그런 관계이죠.《햄릿》이 나한테 개인적으로 특별한 의미도 있고요. 지금 집사람과 결혼할 수 있게 해준 게《햄릿》때문이거든.《햄릿》에 나온 나를 보고 집사람이 반해서. (웃음)

세상이 바뀌고 연극의 트렌드도 바뀌는 법이죠. 선생님께서는 요즘 연극들은 어떻게 보시는 지요?

지금도 많은 후배들이 열심히 하고 있다는 데 일단 너무 고맙죠.

젊은 친구들을 보면 연극, 참 돈도 안 되는데. 요즘 같은 시대에 대단하다는 생각도 들고. 그래도 굳이 좀 싫은 소리를 하자면 (웃음)

배우들 같은 경우는 기본적인 것이 좀 부족하지 않나 싶어요. 발성도 제대로 안 되는 친구들이 많더라고요. 말[言]이 아닌 소리를 하는 경우가 많아. 환경이 그렇게 변해서 그런 것 같아요. 영상 매체의 영향을 받는 게 아닌가 싶어요. 지금 대학로에서 젊은 친구들이 많이 보는 상업극을 보면 이미 히트한 영화를 무대 위로 올리는 경우가 많던데 예전에는 연극이 원작이고 영화 같은 영상 매체를 선도했던 것 같은데 이제는 완전 정반대가 된 것 같아요. 지금 연기를 하는 배우들도 자연히 영상 매체에 더 익숙하고 영상 매체에 어울리는 식으로 연기를 배우는 것 같고 말이죠. 텔레비전이 연극배우에게 화술을 가르치는 시대가 된 거죠.

그러면 이러한 아쉬운 점을 보완하기 위해서 어떤 것이 좋을까요?

개인적으로 탈춤을 가르치는 게 어떨까 해요.

내가 봉산탈춤을 25년 했었어요. 탈춤이라는 게 그 하나에 연극배우에게 필요한 모든 게 다 있어요. 재담, 춤 그리고 노래와 악기, 배우에게 필요한 체력까지 탈춤을 배우면 다 체득할 수 있어요. 그런 점에서 요즘 어느 대학을 가나 뮤지컬은 다 가르치고 그렇게나 인기가 많은데 탈춤은 아무도 가르치지도 않고 배우려 하지도 않는다는 게 유감이에요.

개인적으로 연극영화과에서 탈춤을 가르쳐야 한다고 생각해요.

마지막으로 꿈이 있으시다면 말씀해주십시오.

다리오 포의 《돈 내지 맙시다》를 오픈런 식으로 계속하는 것. (웃음)

연극은 무대에 안 올라가면 죽은 거예요. 작품도 마찬가지지요. 한 작품을 영원히 하는 것. 그게 작가에게도 연출에게도 배우에게도 심지어 극장장에게도 모두 진정한 연극을 하는 방법이라고 생각해요. 그리고 더 바란다면 한국 작가의 작품이 전세계에서 계속 공연되는 것을 보고 싶어요. 우리는 《햄릿》을 계속하잖아요. 《갈매기》도 어디에선가 계속 공연이 되고 있고요. 우리도 그런 작품을 하나 가질 때가 되었지요.

마지막으로 하시고 싶으신 말씀은 없으신가요?

대학로의 위기를 이야기하는데 나는 국립극장이나 예술의 전당 같은 극장들에게 한마디 하고 싶어요. 그런 곳에서는 웬만하면 소극장에서 많이 하는 소극(小劇)은 지양하는 게 좋지 않나 싶어요.

중극장, 대극장에 어울리는, 인원도 많이 필요하고 무대장치도 많이 필요한 작품을 해야 하는데 대학로에서 자주 하는 작품들을 국립극장에서 하고 있지요. 그게 또 돈이 되니까요. 그러면 안 된다고 생각해요. 왜 우리가 국가와 경쟁을 해야 합니까. 같이 협력을 해야지요. 공공극장과 민간극장들은 서로 경쟁을 하면 안 돼요.

다시 한 번 좋은 말씀 감사합니다. 오랜 시간 동안 극장을 운영하시고 대학로의 태동부터 지금까지 옆에서 직접 지켜보신 만큼 정말 뜻깊고 귀중한 시간이었습니다. 감사합니다.

새로운 시대와 변화

연극은 시(詩)와 함께 가장 오래된 인류의 문학이다. 그리고 동서고금을 막론하고 극단을 운영하고 극장을 운영하는 것은 항상 쉽지 않은 일이었을 것이다. 옛날이라고 극장이라는 공간을 굴리고 단원들을 먹이는데 돈이 들지 않았겠는가. 그래서 연극인들은 굉장히 질기다. 2000년대 들어서 확연히 체감하게 된 위기에 맞서 대학로는 변화를 꾀한다. 2000년대 들어서면서 대학로에는 본격적으로 '프로덕션' 시스템의 극단들이 들어서게 된다. 이러한 시대의 변화를 상징적으로 보여주는 것이 연우무대의 '프로덕션' 극단으로의 체질 변화다.

'1세대 극단'으로 신촌 시대부터 한국 소극장 역사에 한 발자취를 남겼던 극단 연우무대는 현재 흔히 '상업극'으로 불리는 작품들에 더 많은 비중을 두고 있는 모습이다. 이에 대한 비판적 관점이 있는 것도 사실이나 변화하는 시대에 무엇보다 더 이상 열정과 의지만으로는 많은 극단원들과 관련된 종사자들의 경제적, 성취적 만족을 충족할 수 없는 현실적 문제 앞에 대학로에 처음 소극장 뮤지컬이라는 개념을 개척하고 정착시킨다. 2000년대 들어서 연우무대가 연속적으로 선보인 《오! 당신이 잠든 사이에》와 《극적인 하룻밤》은 소극장 뮤지컬과 신춘문예 당선작을 보다 대중적으로 각색함으로써 앞으로 대학로 연극이 어떤 방향으로 관객들에게 다가가야 하는지를 제시한 면이 있다고 봐야 할 것이다.

극단 자체의 성격과 체질 변화는 다른 형태로도 목격되는데 '동인 체제'의 부활과 '1

인 극단'의 출현이 그것이다. 경제적인 문제로 극장 운영이 힘든 현시점에 여전히 연극에 대한 열정과 목표가 있는 젊은 연극인들을 중심으로 '동인 시스템'이 다시 생겨나고 있다. 다만, 이전 선배 연극인들의 '동인'과는 성격이 조금 다른데 선배들의 그것은 기존 소속된 극단이 있는 상태에서 프로젝트에 참여하는 형식으로 '동인'을 했다면 현재 새로 만들어지는 '동인'은 극단 운영 자체를 '동인체제'로 하는 것으로 자칫 책임소재가 불명확해져 무책임한 결과로 이어질 수 있다는 점 그리고 아마추어적인 작업의 연속이 될 수 있다는 우려가 있는 것도 사실이다.

'1인 극단'은 대표가 작가와 연출 그리고 대표를 겸하는 것으로 실제 공연 때는 배우들과 극장을 그때마다 빌려서 운영하는 극단이다. 이는 21세기 인터넷, 모바일 시대에 어울리는 새로운 형태로 앞으로 많은 연극인들이 취할 방식 중 하나라고 전망된다. 다만 '1인 극단' 역시 한 사람에 기대는 측면이 크며 자칫 극단을 책임지는 사람이 지원책에만 기댈 우려가 있다.

또 하나의 새로운 시도가 있다. 월세 문제라는 극장 운영과 직접적으로 연관이 되어 있는 '공간적인 차원'에서는 대학로를 벗어나 점차 한성대입구 삼선교나 더 나아가 아예 대학로를 벗어나 극장을 운영하는 극단과 단체들이 생겨나고 있다. 어떻게 보면 다소 강박적으로 보일 수 있는 대학로 고수에서 보다 다양한 지역으로 나아가 지역사회와 그동안 연극 예술에 소외되고 경험이 부족한 지역민들과 소통하는 방향으로 새로운 길을 개척해가고 있다. 대표적인 극단이 극단 동숭무대로 길음역의 미아리예술극장과 미아삼거리역의 숭인시장에 극단 연습실 및 극장을 운영하며 더 많은 지역민들과 만나고 소통하는 노력을 계속해왔다.

유인수, 극단 연우무대 대표

"연극이란 항상 진화하는
생물과도 같은 것"

안녕하세요. 대표님. 극단 연우무대는 오래된 역사로 유명한 극단입니다. 오랜 세월 버텨오며 극단 연우무대는 시대에 따라 항상 변화하는 느낌입니다. 처음 연우무대는 창작극으로 한국 연극을 대표하는 극단이었는데요.

초기 연우무대는 전문 '프로페셔널'한 극단이라기보다는 극단의 형태를 띠고 시작은 했지만 서울대의 문화 운동을 하는 연합체처럼 모여 있었던 곳이었죠. 제가 알기로 초기에 창작을 한다고 했을 때 그 바로 위 선배들에게 '이상한 아이들이 이상한 거 하고 싶다고 자기들 멋대로 한다'며 '연극 같지도 않은 거'라고 편견 어린 시선을 받았던 걸로 알고 있습니다. 물론 어느 정도는 창작극의 완성도가 높다고 볼 수 없는 아마추어 같은 부분도 있었다고 봐야죠.

하지만 당시 1980년대 시대상과 만나면서 큰 반향을 일으켰습니다.

특히 1985년 《한씨 연대기》가 대 히트 하면서 연우무대 극단이 본격적으로 알려지기 시작했죠. 그때만 해도 공연을 통해 저항을 하고 일종의 문화적 연대를 했던 시대라고 봐야 할 겁니다. 《칠수와 만수》 때도 그랬고요. 연우무대의 창작극은 물론 그렇지 않은 것도 있었지만 대체로 시대에 대한 저항과 문제의식을 가지고 있었고 그런 주제를 당시 관객들이 좋아했었습니다. 그 이후 김석만 선생님 같은 선배님들이 한예종 교수 등 학교로 들어가시고 문성근 같은 배우는 영화계로 가면서 자연스럽게 바뀌는 시대와 함께 연우무대도 성격이 변했던 것 같습니다.

1980년대에 비해 1990년대 연우무대는 어떤 모습이었나요?

1980년대 연우무대 활동이 문화 운동의 성격에 가까웠다면 1990년대 들어 김석만, 김민기, 문성근 등 여러 선배들이 분화하면서 다들 고민을 하기 시작했던 것 같아요. 예전처럼 사회 비판적인 정치 이야기가 먹히는 것도 아니고 점점 자본주의화 되고 개인주의화되는 분위기에서 극단에 있는 사람들만 딴 세상 사람처럼 있을 수는 없었으니까요. 그래서 당시에 극단을 없애자는 이야기까지 나오게 되었습니다. 그렇게 90년대 연우무대는 한 번 해산할 뻔했지요.

그때, 창립 멤버이신 정한용 선생님께서 오셔서 직접 하시겠다고 나서셨습니다. 그때부터 '한국현대연극의 재발견' 등을 하면서 다시 주목받기 시작했고 결정적으로 김광진 선생님이 작업하신 《날 보러 와요》와 바로 뒤이어 공연한 《김치국씨 환장하다》가 연속으로 크게 성공하면서 그 당시 활동했던 배우들이 현재 브라운관과 스크린에서 맹활약을 하게 되었지요.

1990년대 중반 정확히는 1998년이라고 해야 할까요? 연우무대는 이때를 기점으로 성격이 변한 것 같습니다. (1998년은 연우 소극장에 화재가 난 해이기도 하다.)

이 시기를 대학로 소극장 분위기가 바뀐 첫 기점으로 보는 사람들도 많고요. 1990년대 중후반, 연우무대는 어떤 변화를 맞이하게 되었는지요?

《날 보러 와요》와 《김치국씨 환장하다》가 연속으로 히트를 했지만 극단 분위기가 좋기만 한 건 아니었어요. 하나의 예로 당시 배우들은 두 작품을 좀 더 오래하고 싶었지만 다른 선생님들께서는 생각이 좀 다르셨거든요. 작품은 성공했지만 각자의 영역에서 어느 정도 생각이나 가치관이 굳어진 것 때문에 갈등도 생기고 지속적으로 극단을 하기에 어느 순간 부침이 생기기 시작했습니다.

그때부터 본의 아니게 '기획, 제작' 프로덕션 시스템이 자연스레 정착되기 시작한 것 같습니다.

실례가 안 된다면 부침이라는 것이 구체적으로 어떤 것인지 여쭤봐도 될까요?

배우들은 성공한 작품을 계속하고 싶어하지만 연출이나 작가는 다른 새로운 도전을 하고 싶어했던 것 같습니다. 꾸준히 새로운 창작극을 선보이는 연우무대라는 이름값도 있었으니까요. 문제는 1990년대 한국에 극단들이 많이 생기면서 너도나도 실험적인 연극을 했다는 점입니다. 당시가 또 문민정부가 들어서고 문화적으로 해갈이 되면서 그동안 하지 못했던 것과 새로운 사조와 시도들이 유행처럼 번졌던 때이기도 하고요. 지금 대학로 분위기가 그때 90년대에 만들어진 거라고 보시면 됩니다. 백수광부나 작은신화 그리고 골목길 같은 극단들이 생기고 많은 실험들이 일어났습니다. 자연히 연우무대가 아니어도 선택할 수 있는 선택지가 많아져 버린 것이지요. 그리고 또 하나는 창작극을 하는 극단이 한 번쯤은 맞이하게 되는 성장통 같은 것일 텐데요. 시간이 지나고 주축이 되는 인원들이 자연히 물갈이가 되면서 어느 순간 창작능력을 상실하는 순간이 온다는 겁니다. 그나마 예전에는 작품이 조금 어설퍼도 시대적인 분위기에 도움을 받아 화제가 되기도 했었지만 점점 그런 것을 기대하기는 더 힘들어지고 말이죠.

결국 1990년대 말에 연우무대를 없애자는 이야기가 또 나오게 되었습니다.

사실 저도 그때 '그만 없애자'라는 입장이었지요. (웃음)

아이러니하다고 해야 할지 모르겠지만 2000년대에 들어서 대표님께서 연우무대를 맡으시게 되십니다. 당연히 운영에 있어서 많은 고민을 하실 수밖에 없으셨을 텐데요.

저도 결혼을 하고 아이를 키우면서 가정을 부양해야 했기에 잠시 연우무대를 떠나 있었습니다. 그래서 연우무대의 운영을 맡아달라고 했을 때 그러면 제가 생각하는 방향대로 극단을 끌고 가겠다고 하고 극단을 맡게 되었지요. 뭔가 변화가 필요하다고 생각했고 아동극을 하기 시작했습니다. 사실 예전부터 그리고 지금도 그렇지만 아동극이나 가족극에 대해서 선배들의 시선이 좋지 않았던 게 사실입니다. 하지만 극단 학전의 김민기 대표님도 고민하셨던 부분이지만 앞으로의 미래 연극은 어떤 모습을 띠어야 하나, 어떤 이야기를 담고 어떤 관객들과 소통해야 할까 라는 생각을 했을 때 가족극과 아동극은 결코 무시할 수 없겠다는 생각을 하게 되었지요.

그래서 아동극을 하게 됐고 다행히 수익도 내게 되었습니다.

하지만 극단 운영이 정말 쉽지 않은 게 이번에는 배우들과 문제가 생기더군요. 배우들 입장에서는 아동극을 계속하기보다는 빨리 성인극을 해서 거기에서 커리어를 쌓고 방송이나 영화로 진출해야 하니까 아동극을 오래 하는 것에 부담을 느낍니다. 사실 배우 입장에서는 당연한 것입니다. 그래서 또 단원 내부에 문제가 생겼습니다.

극장을 운영하는 것도 힘들지만 극장 이전에 극단을 운영한다는 것도 사실 보통 일이 아닙니다. (웃음)

이 시기 기존 대표님이 그만두시고 '단원자율책임운영제'라는 것을 하시게 됩니다. 어쩌면 또다른 모델로서 다른 극단들에게 역할모델이 될 수도 있다고 생각하는데요. 어떤 계기로 하게 되었는지 궁금합니다.

아까도 말씀드렸지만 1999년에 《김치국씨 환장하다》가 대성공을 거뒀습니다. 이런 공연을 계속해서 수익을 내야 하는데 예전 대표님은 생각이 다르셨던 거죠. 그 작품으로 상도 많이 받았지만 연극에 대한 눈높이와 가치관이 달랐던 것 같습니다. 그렇게 성공했으니 계속 더 하자고 하는 단원들과 생각이 많이 달라 갈등이 있었던 것은 사실입니다. 또 다른 이유도 있었는데요. 이전에는 우리 단원 내부에서만 배우들이 배역을 맡았는데 어느 순간 점점 외부 배우들이 와서 단원 배우들이 할 배역을 맡아 하는 분위기였어요. 이는 지금도 많은 극단들이 조심해야 하는 문제라고 봅니다. 오랜 시간 동안 오퍼 보고 스태프 보면서 나는 언제 무대 위에 서나 하고 기다리는데 갑자기 누가 밖에서 들어와서 자기가 할 수도 있었다고 생각하는 역할을 하면 기분이 좋을 리가 없으니까요. 생각해 보면 그런 갈등이 표면화되기 시작했다는 것 자체가 연우무대도 시대의 변화에 좋으나 싫으나, 의도했든 안했든 영향을 받고 있었던 것이지요. 시대가 그렇게 변하고 있는데 우리가 무슨 별세계 사람들도 아니고 우리만 예전 모습 그대로 일 수는 없으니까요. 그런 갈등 끝에 극장을 없애자라는 이야기가 나왔습니다. 극장을 없애야 우리가 재정적인 문제에서 벗어나 좀 자유로워질 수 있다면서 말이죠. 극장 문제로 인해 당연히 큰 싸움이 있었고 극장을 없애는 대신 단원들끼리 '공동책임'으로 1년 동안 하고 싶은 작품을 하는 시스템을 도입하게 된 것이죠. 단원들 입장에서야 좋지만 사실 그게 운영적인 면에서는 말이 안 되는 겁니다. 결국 보증금을 다 날리고 어느 누구도 책임질 수 없는 지경까지 가게 된 겁니다. 어느 누구도 책임지려고 하지 않았던 것도 같고요. 다행히 그 후 《이》가 성공해서 일시적으로 버티기는 했지만 이미 내상을 많이 입은 상태였죠.

중요한 건 책임입니다. 누군가는 책임을 져야 합니다.

돈이 계속 들어가는 극장이라는 구조 속에서는 돈을 벌거나 누군가 돈을 대지 않으면 반드시 누군가는 책임을 져야 한다는 것이지요.

누군가는 책임을 져야 한다는 말씀이 마음에 와 닿습니다. 무대 위에서 공연을 하는 것과 그 무대를 현실적으로 운영하는 것은 단연 다른 문제라고 생각합니다. 직접적으로 극장을 운영하시니 많은 현실적인 고민을 하시게 되셨을 것 같습니다.

지금도 보면 많이들 극장 운영에 대한 꿈을 가지고 있는 것 같습니다. 극장만 있으면 계속 작품을 할 수 있을 것 같다고 생각하는데 제 생각에 그건 아닌 것 같아요. 극장을 운영하려면 당연히 비용이 드는데 그 비용을 마련해야 한다는 것 때문에 창작을 못하거나 나중에 그걸 메꾸기 위해 의무감으로 무언가를 해야 하는 힘든 상황으로 대부분 귀결됩니다.

시대가 바뀌었기 때문에 바뀐 시대에 적응해야겠지요.

지금 대학로는 예전보다 유료관객이 줄어드는 등 위기를 맞고 있다고들 이야기합니다. 아무래도 관객들의 성향이 변했기 때문이겠지요?

사실 관객에 대해 많은 연극 극단과 단체들이 깊은 고민을 해야 한다고 생각합니다. 1990년대 연우무대는 시대에 명확한 화두를 던졌습니다. 하지만 1990년대 후반이 되면서 시대가 바뀌었고 누군가 던지는 화두를 따라 사람들이 쏠려가지 않아요. 지극히 개인의 욕망을 찾는 시대가 되었어요. 2000년 히트한 《이》도 어떤 면에서는 정치적인 해석으로만 볼 수도 있지만 외피적인 것도 그렇고 정치적인 면에만 함몰되지는 않았습니다. 그래서 성공한 거라고 봅니다. 같은 정치적인 메시지와 주제라고 해도 90년대 작품과 《이》는 접근하는 방식에서 확실히 차이가 납니다.

특히 번역극이 아니라 창작극을 한다면 아직 검증을 받은 것도 아니고 당연히 현재 관객들에 대해 고민을 하고 작품을 올려야 하는 게 맞지 않나 싶어요.

그런 면에서 '세상이 바뀌었다, 관객들이 예전 같지 않다'고 이야기하는 것보다는 극단과 연극 작품을 만드는 창작자들이 정말 경쟁력 있는 작품을 만들고 있는지 생각해야 합니다.

외국에서 유학생활을 하시고 오신 걸로 알고 있습니다. 영국의 경우는 어떤가요? 어떤 식으로 작품이 무대 위로 올라가는지 궁금합니다.

영국의 웨스트엔드도 가고 브로드웨이에 가서도 작업하고 배우기도 하고 보면서 느낀 점은 그쪽은 절대 쉽게 작품을 무대 위에 올리지 않는다는 겁니다. 사실 우리는 몇몇 경우 지원을 받으면 그냥 지원 받았으니까 무대 위로 올리고 그러는데 외국은 작품이 무대 위로 쉽게 올라갈 수도 없고 올라가기 위해서는 엄청난 경쟁을 해야 합니다. 그러면서 당연히 관객을 신경 쓰지요. 가령 우리는 《햄릿》을 대충 만들어도 지원을 받았고 조건만 되면 그냥 무대 위에 올리지만 외국은 《햄릿》을 만든다면 '왜 제작비가 이만큼이며, 이만큼의 제작비로 이렇게 만들면 과연 관객이 와서 볼 때 어떨까 혹은 어떤 것을

유인수, 극단 연우무대 대표.

좋아할까'에 대한 고민을 끊임없이 하고 '관객들이 영화보다 비싼 돈을 주고 보러 오는데 그 정도의 제작비를 들여 만들면서 왜 관객들의 반응을 신경 안 써?'라고 반문하는 분위기입니다. 작품성과 의미부여는 당연한 것이고 시장에 대한 고민도 함께하는 것이지요.

아무래도 그때의 경험이 대표님과 현재의 연우무대에 크게 영향을 미친 것 같습니다. 연우무대는 현재 제작과 기획을 하는 프로덕션 개념으로 극단의 성격이 바뀌었는데요. 우리나라에서 프로덕션 시스템을 하는 데 있어서 느끼신 점이 있으신지요?
프로듀서나 PD를 접촉해서 작품을 하려고 해도 프로듀서나 PD를 구하기 힘듭니다. 우리나라는 아직 프로듀서나 PD 개념이 약하고 아직도 연출의 잡일을 도와주는 정도로 인식되는 경우가 많은 것 같습니다.

프로듀서에 대한 교육도 필요하고 더 양성되어야 합니다. 프로듀서나 PD가 많아지고 교육이 활성화되면 작품이 설익은 상태로 무대 위로 올라가는 일도 없습니다. 저희 극단의 《해무》 같은 공연도 그렇고 최소 2년은 대본 작업을 하고 있습니다. 영화가 기획과 제작이 관여하는 프리프로덕션에 몇 개월 혹은 몇 년을 투자하고 고민하듯이 뮤지컬뿐만 아니라 연극도 당연히 그런 노력이 필요하다고 생각합니다.

대표님 보시기에 지금의 연우무대 방향은 원하셨던 대로 잘 진행이 되고 있는 것인지요?

그렇다고 봐야죠. 전부터 원했던 방향으로 가고 있는 것 같습니다.

물론 당황해하시는 분들도 계십니다. 특히 오랫동안 연우무대를 알고 계셨던 분들 아니면 오래전의 연우무대를 기억하시는 분들은 지금의 연우무대에 적응을 못하실 수도 있을 겁니다. 하지만 극단도 생물입니다. 작품 하나 하나의 작품성에 집중하는 것도 중요하지만 극단 자체도 계속 진화하게끔 해야겠지요. 《오! 당신이 잠든 사이》, 《해무》, 《극적인 하룻밤》, 《여신님이 보고 계셔》 같은 히트작들을 계속 내고 상도 많이 받고 관객들도 많이 드는 등 현재 연우무대는 분명 성과를 내고 있는 중입니다. '상업극'이라는 비판이 있는 건 당연히 알고 있습니다. 하지만 《오! 당신이 잠든 사이》 같은 경우 한국뮤지컬 대상을 수상한 작품이고 소극장 뮤지컬이라는 새로운 분야를 개척한 의미가 있는 작품입니다. 특히 《오! 당신이 잠든 사이》는 그때 그 작품을 좋아했던 팬들이 지금 창작 뮤지컬의 팬이 되는 시초가 되었습니다.

대기업 CJ가 어둡고 상업적이지 않다고 제작을 포기했던 《여신님이 보고 계셔》도 마찬 가지입니다. CJ가 상업적이지 않다고 관심을 안 가졌던 작품입니다. '상업극'이라고 색 안경을 끼고 볼 일은 아니라고 봅니다.

어쩌면 '상업극'이라는 표현 자체가 어불성설일 수도 있다는 생각이 듭니다. 시대착오적일 수 도 있고 일반 대중 관객들과의 생각과도 괴리감이 있을 수 있다는 생각마저 드네요.

《오! 당신이 잠든 사이》가 처음 무대 위에 올려졌을 때 '연우무대가 변했다! 상업적으 로 변했다! 연우무대마저 변해버린 대학로!'라고 실제 기사가 나왔습니다. (웃음)

하지만 오픈하고 5주 동안 모두 매진되었고 그해 상을 휩쓸었지요.

《극적인 하룻밤》같은 경우는 제목도 그렇고 그래서 더 상업적이라고 난리가 났지만 사 실 신춘문예 당선작입니다.

로맨틱 코미디니까 가벼워 보이기만 하겠지만 신춘문예 당선작이기에 작품성은 어느 정도 보장할 수 있는 것이지요. 40분짜리 신춘문예 당선작을 조금 더 늘렸을 뿐입니다. 이 작품은 신춘문예 당시에도 파격적이라고 화제가 많이 되었던 작품입니다. 생각해 보면 문학계는 다양한 시도와 변화를 받아들이고 있는데 즉각적인 관객의 반응과 변화를 더 신경 써야 할 연극이 타성이 젖은 건 아닌가 모르겠습니다.

《극적인 하룻밤》은 제목 때문에 그렇지 작품을 보고 여성 관객들이 많이 울기도 한 작품이에요.

억울하신 부분이 많으시겠습니다.

상업적이라는 잣대로 일종의 편견 어린 시선으로 사람들이 보니까 좀 서운하긴 하죠. (웃음) 연극 작품을 '좋은 작품'과 '좋지 않은 작품'으로 나뉘어야 하는데 아직도 몇몇 분들은 '순수 예술'과 '상업연극'이라는 이상한 구분법을 가지신 것 같습니다.

사실 상업적이라는 건 오히려 시스템이 갖춰지고 책임감을 더 가진다는 뜻입니다.

현재 연우무대는 뮤지컬을 많이 하는데 뮤지컬은 연극에 비해 자본이 많이 들어가는 특성으로 자연히 창작자가 자기 마음대로 할 수 없습니다. 그만큼 체계가 갖춰지고 창작가가 최소한 배우들에게도 존중과 책임감을 보일 수밖에 없게 되지요.

뮤지컬 외에도 《인디아 블로그》 같은 여행극도 흥행에 성공합니다.

《산티아고 가는 길》이라는 작품부터 이야기하고 싶네요.

원래 제목은 《세례》 같은 정말 딱딱한 제목의 작품이었습니다. 나이 많은 여자를 사랑했던 젊은 남자가 퇴짜를 맞고 산티아고 순례길을 가는 이야기인데 당시 매표소 옆에 산티아고 길처럼 꾸며 놓는다고 돌멩이를 갖다 놓고 그랬어요. 깜짝 놀란 게 어떤 관객이 그 돌을 보고 우시더군요. 산티아고 순례길을 다녀오신 분인데 그때의 경험이 역류했었던 겁니다. 그러니 그 돌 장식 하나를 보고 그렇게 운 거예요. 사실 작품 내용을 엄밀히 따지면 오로지 산티아고 내용도 아닌데 말이죠. (웃음)

그때 느낀 게 있습니다. 지금은 관객들이 다양한 감성과 경험을 가졌구나라고요. 그러다 보니 다양한 시도들을 하게 되었습니다. 《인디아 블로그》같은 여행 시리즈도 역시 그런 다양한 시도의 결과였습니다. 역시 또 이 작품 처음 나왔을 때 난리가 났죠. 이게 무슨 연극이냐. 이러면서요. (웃음)

극도 아닌 것이 배우들은 다 아마추어 같고 대체 정체가 뭐냐는 말도 들었습니다. 흥행도 첫 2주는 10명도 안 들어왔습니다.

그런데 그 이후에 계속 매진이었습니다. 관객들은 소위 평단과는 달랐던 거죠.

'상업극'이다 혹은 '상업적이다'라고 비판을 하시는 분들의 말씀은 아마 처음부터 돈 벌 생각만 가지고 작품을 만든 것 아니냐 이런 의도가 아닐까 싶습니다만……

물론 무엇을 걱정하고 우려하는지는 저도 압니다.

그런데 사실 여행 시리즈 같은 경우 수익이 생기지 않습니다. 그리고 극단이 공연을 올릴 때 지원을 받아서 하는 거 아니고 극단이 자생적으로 공연을 하는 경우 적자를 당연시하는 건 말이 안되니까 최소한의 책임지는 자세를 가지는 것뿐입니다. 《오! 당신이 잠든 사이》도 3년간은 수익이 발생하지 않았고 《해무》도 결과적으로 는 손해를 본 작품입니다. 지금도 연우 소극장을 운영 중인데 당초 취지에 맞춰 괜찮은 작품을 올리는 극단들에게 사실상 무료로 대관을 해주고 있습니다.

대표님께서는 계속해서 새로운 시도를 하고 계십니다.
비판도 있지만 응원해주시는 분들도 계시고 많은 것을 느끼고 계실 것 같습니다.
기존의 화두를 던지고 인간의 근원적인 질문을 찾는 연극도 중요하지만 그것만 있고 마치 그것만이 정답인 것처럼 하는 분위기는 바뀌어야 하지 않을까요.
영화도 예술영화가 있지만 상업영화도 있듯이 연극도 다양하게 있는 게 지금은 필요하다고 봅니다.
이미 관객들 자체가 단순히 재미있다 없다를 떠나 평단과 제작진보다 더 뛰어난 안목과 심미안을 가지고 있습니다. 그만큼 다양한 감성과 니즈도 가지고 있고요.
《인디아 블로그》같은 경우 아까도 말씀드렸지만 처음에 연극도 아니다라는 식으로 말이 많았지만 나중에 김석만 선배들 등이 우연히 공연 보신 후 연락을 하셔서 놀라셨다며, 어떻게 이런 작업을 했냐며 '이건 혁명이다' 응원해주셔서 힘이 되었던 기억이 납니다.

대표님께서 생각하시는 앞으로의 대학로가 궁금합니다. 대학로의 미래에 대해 전망해 주실 수 있으실까요?

지금 대학로가 젠트리피케이션 때문에 전보다 많은 극단들과 극장들이 힘들어하고 있습니다. 정부에서 아예 임대료 상승 같은 걸 인위적으로 막든가 하지 않으면 대학로라는 공간의 상업화는 어쩔 수 없는 것 같아요. 대학로라는 공간에 연극인들만 있는 건 아니니까요.

연극인들이 대학로에 대한 기득권을 주장하고 아쉬움을 느낄 수는 있지만 시대의 흐름이 그런 것을 어떡하겠습니까.

어떤 연극을 하느냐에 따라 달라질거라고 생각합니다.

상업극이면 대학로에서 공연하는 게 낫습니다. 컨벤션 효과를 기대할 수 있으니까요. 하지만 상업극이 아니면 굳이 대학로를 고수할 필요가 있을까요? 지원받아서 하는 연극은 관객도 유료관객이 많지 않습니다. 그런 상황에서 굳이 임대료가 비싼 대학로를 고수할 필요는 없다고 생각합니다. 외국처럼, 예술 공원을 서울 곳곳에 만들어서 예술인들이 작업할 수 있는 곳을 많이 조성해 줄 필요가 있다고 생각해요. 중국 상하이 같은 경우 예술거리가 있는데 예전에 비해 활용이 되지 않는 공간을 예술가들에게 경제적 부담을 느끼지 않게 빌려주고 예술가들은 그 공간에서 그냥 개인 작업을 합니다. 그러면 일반 사람들이 왔다 갔다 하면서 예술가들과 자연스럽게 소통하는 식이지요.

자연스럽게 현재 대학로 극단들이 받고 있는 여러 지원에 대하여 질문드리겠습니다. 현재 대학로 지원제도에 관해 아쉬우신 점이나 혹시 아이디어를 내시고 싶으신 것은 없으신가요?
사실 제가 봤을 때 한국이 연극에 대한 지원이 적은 편은 아니라고 봅니다. 저도 뮤지컬을 하고 있지만 뮤지컬까지 지원해주는 나라는 별로 없습니다. 가까운 일본만 해도 부러워하는 것 같더라고요. 다만 한국은 극단이나 연극 단체가 너무 많습니다. 한정된 금액 안에서 그 많은 단체들에게 다 지원을 하다 보니 각 극단이나 단체들 입장에서는 부족함을 느낄 수밖에 없겠지요.
일본은 진짜 순수예술에만 지원합니다. 여기서 말하는 순수예술은 정말로 소액이나마 수익 활동을 하지 않는 예술을 말합니다. 일본은 지원을 받으면 돈을 벌면 안 되는 것으로 알고 있습니다. 물론 두 나라를 단순 비교할 수는 없겠지만 우리는 지원을 받는데 또 관객 수익도 받으려 하는 경우가 대부분인 것 같아요.
문제는 그렇게 지원받는 공연이 작품성이 떨어지거나 워크샵 같은 경우도 있는데 그런 공연도 유료로 돈을 벌려고 한다는 점이죠.
약간 앞뒤가 안 맞는 지점이 있는 것 같아요. 지원을 하면서 동시에 자생하라고 한다는

것 말이죠. 이런 말을 하면 또 욕먹을지 모르겠지만 그런 생각을 가지고 있습니다. (웃음)

저희 극단만 이야기하자면 《오! 당신이 잠든 사이》도 처음에 지원을 받은 작품이거든요. 연우 소극장에서 초연하고 성공적인 성과를 거두니까 문화예술위원회 관계자가 하는 말이 다른 곳은 지원해줘도 사실상 결과보고나 성과가 기대에 미치지 못하는데 연우는 항상 매진이라 너무 좋고 자생의 모범 사례라고 이야기하더라고요.

물론 '자생'이라는 말 자체가 많은 극단들의 상황을 외면한 무책임한 말일 수 있습니다. 하지만 '책임'이라는 것에 대한 정의 접근을 다르게 할 필요도 있다고 생각합니다.

연극을 하는 후배들에게 한 말씀 해주실 수 있으실까요? 무엇보다 대표님께서는 처음 연우무대에 배우로 입단하셨다가 지금은 프로듀서로 활동 중이십니다. 보통 극단에 입단하는 경우 배우를 꿈꾸는 경우가 많은데 꼭 배우가 아니어도 다양한 길이 있다는 좋은 예이기도 한 것 같습니다. 특히 배우를 꿈꾸는 후배님들에게 한 말씀 부탁드리겠습니다.

배우는 연기만 잘하면 됩니다. 사실 굳이 극단에 있을 필요는 없겠죠. 하지만 혼자 할 수 없으니 극단에 아직 들어오는 것이고 그것이 또 필요한 지점이 있기는 한데 구조적인 문제도 사실 있습니다. 그동안 많은 경우 극단에 들어와서 도제식으로 심부름을 하다가 어깨너머로 배우는, 어쩌면 전문성이 떨어질 수 있는 나이와 경력만 많은 선배에게 배우는 구조가 많았죠.

극단 활동을 한다고 해도 공부를 계속하는 게 중요합니다.

예전에 연우무대에서는 배우들끼리 개인적으로 논문을 뒤지고 전문가를 만나 따로 교육을 받기도 했습니다. 러시아 유학파 친구들과 함께 한 달짜리 워크샵을 하기도 했고요.

극단에 있다고 그냥 저절로 뭔가 되는 게 아니라는 것을 인지하고 항상 공부하고 극단 내에서 충족이 안 되면 개인적으로라도 훈련을 해야 한다고 봐요. 비단 배우들에게만 국한된 건 아니겠지요.

많은 후배 연극인들에게 좋은 말씀이 될 것 같습니다. 마지막으로 대표님의 꿈과 목표에 대해 여쭙고 싶습니다.

현재 새로운 시장으로 중국을 알아보는 중입니다.

《오! 당신이 잠든 사이》, 《극적인 하룻밤》, 《인디아 블로그》 등이 중국 진출 계약 준비 중인 상태죠. 2~3년 동안 중국을 계속 왔다 갔다 하고 있는데 지금 코로나로 잠시 스톱된 상태입니다. 그렇다고 연우무대가 엄청 지금 잘 나가는 건 아닙니다. 밖에서는 연우무대가 무슨 기업 같아 보이고 대단해 보인다고 생각하는 것 같은데 사실 저희도 하루하루 허덕허덕하며 버티고 있는 중입니다. (웃음)

한 작품 잘 되면 그걸로 또 버티고 다음 작품 하는 거죠.

그래서 더욱더 책임감을 가지고 작업에 임하고 있는 겁니다.

이만 인터뷰를 마무리하도록 하겠습니다. 다시 한 번 귀한 시간 내주셔서 감사드립니다.

대학로 아르코예술극장, 사진 이민우

5. 대학로 소극장 거리의 전망과 과제

대학로 소극장 거리의 전망과 과제

어떤 예술이든, 예술을 이야기할 때 빠지지 않고 등장하는 말이 두 가지가 있다.

하나, 하늘 아래 새로운 것은 없다.

하나, 모든 것은 변화한다.

아리스토텔레스의 《시학》이후로 희곡을 쓰는 가장 중요한 원리와 규칙은 대동소이하다. 대학로 소극장이 현재 겪고 있는 변화와 진통도 전혀 새로운 것은 아니다. 임대료 상승에 의한 젠트리피케이션이 비단 오늘날의 문제만은 아니기 때문이다. 명동과 신촌에서 대학로로 온 것 자체도 똑같은 문제였다. 유료관객의 감소 및 연극에 대한 수요 감소도 그전부터 계속 제기되어 왔던 오래된 고민이다. 물론 현재 어려움을 겪고 있는 많은 연극인들 개개인에게 위로의 말이 될 수 없지만 연극 전체로 보았을 때 분명 더 나은 방향으로의 진전이 있을 것이다. 또한 모든 것은 변화하기 마련이다. 현재의 '상업극' 위주로의 관객 쏠림이나 뮤지컬의 상대적 대두는 어찌할 수 없는 시대의 흐름이다. 코로나 사태로 인한 비대면 공연과 영상과의 협업이 자칫 연극을 고사시킬 수 있다는 어두운 전망이 있으나 이미 오래전부터 여러 극단들이 영상과의 협업을 시도하고 다양한 실험들을 하고 있는 중이다. 연극은 변치 않으면서도 변하는 생물이다.

다만 대학로 소극장 거리 자체가 갑자기 한순간에 없어지는 일은 바라지 않는다. 세계적으로도 찾아보기 힘든 독특한 '실제 물리적 공간에서 인문학이 실현되는' 이 거리가 최소한이나마 계속 유지되어 연극을 처음 접하는 초보자(?)들과 예전 대학로를 기억하고 오랜만에 다시 연극을 찾는 오래된 관객들에게 연극이라는 인문학을 소개하는 좋은 장소로서 계속 유지되기를 바란다.

그런 점에서 두 가지로의 도전을 생각해볼 수 있다.

첫째는 공공극장의 확대다. 현재 대학로 중심지 극장은 크게 세 가지로 나눈다면 1) 민간소극장의 경우 거의 대부분 오픈런 공연의 '상업극' 공연을 하고 있으며 2) 대학교에서 직접 운영하는 공연장 3) 아르코 같은 공공극장 밖에 없다. '오프-대학로'라는 공간이 있으나 현재 이 공간도 똑같이 임대료 문제와 상대적으로 불편한 접근성의 문제에 봉착해 있다. 그리고 앞으로 이 문제는 보다 심화될 수도 있다. 무엇보다 연극이 지속적으로 발전하기 위해서는 연극을 아직 접해보지 못한 사람들이나 미래 세대들이 보다 쉽고 부담 없이 연극을 즐길 수 있게 하는 것이 중요하다는 점에서 공공극장이 대학로 중심에 좀 더 생겨나든가 아니면 현재 대학로에 자리한 민간소극장들 중 역사적으로 오래되고 중요한 위치를 점하고 있음에도 재정적 어려움을 겪고 있는 것들을 공공에서 인수하여 운영 관리하는 것이 필요하다고 생각한다.

둘째로, 이러한 공공극장의 확대를 통한 안정적인 풍토가 만들어진 후 전세계인을 상대로 대학로를 홍보하고 알려 새로운 서울의 관광명소로 만듦으로써 뉴욕의 브로드웨이나 런던의 웨스트엔드 못지않은 한국의 문화예술을 대표하는 세계적인 '연극의 거리'로 만드는 장기적 전략이 필요할 것이다. 이는 BTS로 대표되는 'K-pop'과 넷플릭스 등에서 인기리 방영 중인 영상콘텐츠 못지않게 실제 관광객들을 유인할 수 있는 한류상품으로도 의미가 크다 할 수 있겠다.

INTERVIEW

임정혁, 한국소극장협회 협회장 및 극단 동숭무대 대표

"현재의 대학로 소극장의
현실과 미래를 말한다"

안녕하세요. 협회장님. 귀한 시간 내주셔서 감사드립니다. '길 위의 인문학, 대학로 소극장 거리의 탄생과 흥망성쇠'는 한국 연극의 메카인 대학로의 역사와 현황을 다루고 있습니다. 협회장님께서는 현재 극단 동숭무대 대표님이시면서 흔히 1세대 극단이라 불리는 극단 76에서 활동하시기도 하셨습니다. 그런 이유로 대학로의 역사는 물론 현재 소극장 협회의 협회장님으로서 대학로 소극장의 현황에 대해서 누구보다 객관적이고 정확하고 말씀해주실 수 있으시리라 생각됩니다.

우선 첫 질문을 드리겠습니다. 앞서 다른 여러 극단 대표님들, 선생님들께 이야기를 들었을 때 현재의 대학로는 처음 생겼을 때와 비교해서 확실히 분위기가 많이 바뀐 것 같습니다. 어떤 분은 '상업적'이라고 하시고 또 어떤 분은 '다양해졌다'라고 표현하십니다. 협회장님께서는 대학로의 변화에 대해 어떻게 생각하시는지요?

대학로의 역사는 마치 제 개인의 역사와 같이 가는 것 같습니다.

말씀해주셨다시피 대학로가 차츰 형성되기 시작했을 때 극단 76에서 연극을 시작했고 그 후 대학로 연극이 붐이었던 90년대 극단 동숭무대를 만들고 지금은 소극장협회 협회장을 맡고 있으니까요. 제가 봤을 때 대학로는 시대에 따라 그리고 그 시대의 변화에 따라 많이 변하고 있는 것 같아요. 특히 2010년대 들어서 그 변화의 속도가 더 빨라지고 가늠하기 어려운 것 같습니다. 지금 현재 대학로를 이야기할 때 '예전보다 관객이 적다' '90년대와 비교했을 때 극단이 생존하기 어려워졌다'라는 말들을 많이 하는데 저는 이렇게 봐요. 20세기가 '물고기자리'라면 21세기는 '물병자리'입니다. 예전 '물고기자리' 때는 물고기가 목이 말라 물을 찾아다녔던 시대라면 지금 양손 가득 물이 오히려 넘쳐나는 시대인 것이죠.

'물고기자리'와 '물병자리'라니……. 정말 참신한 표현이십니다. 그 말은 관객들의 성향과 연극을 바라보는 입장이 예전과는 달라졌다는 의미겠네요.
당연히 다르죠. 그런 점에서 연극인들도 무조건 관객들에게 맞춰 줄 필요는 없지만 반대로 어느 정도는 이제 관객들의 니즈(Needs)를 파악하려는 시도는 해야 한다고 봅니다.
'나 예술해!'라면서 혼자 생각하고 공연을 올리는 것이 아닌 관객이 원하는 바가 무엇인지 지금 보고 싶고 듣고 싶어 하는 이야기가 무엇인지 귀 기울일 필요는 있다는 것이죠.
연극인과 관객은 '선물을 주는 사람'과 '선물 받는 사람'의 관계라고도 할 수 있잖아요.
선물을 주는 사람이면 받는 사람의 취향을 고려해서 주지, 받는 사람이 안 좋아하는 걸 선물이라고 주지는 않으니까요.
예전에는 관객들에게 '이런 연극이 있으니 봐라'라고 했던 '자존심' 비슷한 게 있었습니다. 하지만 더 이상은 관객을 무시하고 오로지 내 것을 알아서 보라고 하는 건 통하지 않을 것 같아요.

그런 점에서 사실 저 같은 경우는 후배들에게 조금 미안한 마음도 듭니다. 그동안 너무 작품 만드는 것만 생각했지 운영적인 부분이나 기획적인 면 같은 현실적인 문제에 대해 상대적으로 둔감했던 건 아닌가 싶거든요.

'변화'라고 하면 단순히 '관객의 변화'만 있지는 않을 것 같습니다. 공연을 만드는 '창작자'도 분명 어떤 형태로든 변화하고 있을 텐데요. 현재 연극계에는 어떤 변화가 있는지요?
우선 현실적인 문제가 있습니다.
배우를 예로 들면 1990년대까지는 공연이 없으면 배우들이 서로 모여서 알아서 훈련하던 분위기였습니다. 저만 해도 공연이 없을 때는 정독 도서관 같은 곳에 가서 희곡도 읽고 공부를 했지요. 또 그동안 못 배웠던, 예를 들어 춤이나 현대무용 심지어 재즈도 배우러 다녔습니다. (참고로 임정혁 협회장은 '서도소리' 전수자이기도 하다.)
지금은 그럴 수가 없어요.
공연을 안 할 때 아르바이트를 해야 합니다. 그렇지 않으면 생존 자체를 할 수 없고 오랫동안 버틸 수가 없거든요. 그래서 지금은 공연을 올리려고 하면 다들 아르바이트하는 시간을 맞춰야 합니다.
'누구 누구야. 언제 언제 연습하려고 하는데 시간 되니?' 이렇게 항상 물어봐야 해요.
요즘은 인원이 열 명만 넘어가도 모두의 알바 시간 맞춰주느라 너무힘들어요.

그래서 두세 명만 나오는 작품만 하려고요. (웃음)

어쩔 수 없다는 건 이해하는데 문제는 배우들이 아르바이트를 하느라 훈련은커녕 작품 연습도 겨우겨우 하고 있다는 겁니다. 당연히 배우의 기능이 점점 떨어질 수밖에 없죠. 그리고 극단 문화 자체가 바뀌고 있는 것 같아요.

기존의 극단 시스템이 점점 무너지고 동인지 시스템으로 변화하고 있습니다.

'동인' 시스템이면 실험적인 시도를 한 혜화동 1번지가 떠오릅니다. 오히려 좋을 수도 있지 않을까요?

'동인'이라고 하면 혜화동 1번지 같은 예를 떠올리며 오히려 좋은 것 아니냐 생각할 수도 있지만 혜화동 1번지의 동인과 지금 트렌드로 확산되고 있는 동인은 개념은 달라요. 혜화동 1번지는 연출가들의 모임이고 다들 적(籍)을 두고 있는 극단이 따로 있는 상태라 무대 위에 올라가는 작품들도 그렇고 문제가 없는 시스템입니다. 반면 지금의 동인은 그냥 극단 형태 자체를 동인제 시스템으로 하겠다는 것에 더 가깝습니다.

협회장님께서는 꽤 우려하시면서 보시는 것 같습니다. 구체적으로 어떤 점이 문제가 될 수 있을까요?

아무도 책임을 지지 않으려 할 수 있습니다.

임정혁, 한국소극장협회 협회장 및 극단 동숭무대 대표.

특히 젊은 연극인들 같은 경우 기존의 극단 체제가 대표 위주로 독선으로 일이 진행된
다거나 권위적이라는 이유로 더더욱 민주적으로 보이는 동인 시스템을 선호하는 것 같
아요. 물론 예전 선배님들 중에 지나치게 권위적이고 독선적이었던 분들이 계셨던 건
사실입니다. 하지만 극단에 대표가 있는 것은 책임을 지는 사람이 필요하기 때문입니
다. 극단을 운영하는 데 있어서 결국 일의 결과나 재정적인 문제는 누군가는 책임을 져
야 하니까요.

현재 동인 시스템은 대표나 연출이나 배우나 다 똑같은 액수로 십시일반 걷어서 진행이
됩니다. 어떻게 보면 민주적이고 평등해 보여서 좋아 보일 수 있지만 발 빼기에도 쉬운
구조라고 생각합니다.

극단을 운영하는 것은 정말 어렵습니다. 그리고 극단을 유지한다는 건 때때로 많은 희
생을 필요로 합니다. 연극 극단뿐만 아니라 어느 단체라도 마찬가지 일 겁니다.

특히나 연극은 돈을 벌기가 어려운 행위입니다. 시간이 지나면 필연적으로 경제적 그리
고 그에 따른 인간적인 갈등이 생길 텐데 동인 시스템은 와해되기 쉬운 구조예요. 동인
제 체제로 극단 76이나 연우무대 그리고 작은신화 같이 몇십 년 하는 극단이 나올 수 있
을까요?

극단의 형태가 변한다고 하시니까 이어서 질문을 드리겠습니다.

협회장님께서는 동인 체제로 바뀌는 트렌드라고 말씀을 하셨는데 또 많은 분들은 현재 책임 대표가 있고 그 밑에 단원들이 있는 단원제 시스템에서 연우무대같이 '프로덕션' 시스템으로 변화하는 극단도 많아질 거라고 이야기하고 있습니다. '프로덕션' 시스템으로의 변화에 대해서는 어떻게 생각하시는지요?

프로덕션은 일종의 주식회사 같은 거라고 생각합니다.

그건 기획사지 예술가는 아니지요. 프로덕션은 태생적으로 돈을 벌어야 하는 과제에 놓일 수밖에 없습니다. 제 생각에는 그런 경우는 기존 극단들과는 별개로 다른 카테고리로 분류해서 생각하는 게 낫다고 생각합니다. 저도 존중하지 않는 바는 아니지만 프로덕션 체제의 극단과 나머지 극단을 같은 기준과 잣대로 비교하는 것 자체가 어폐가 있다고 봐요. 물론 아까도 말씀드렸지만 시대가 변한 만큼 프로덕션 극단의 시스템 중에 몇몇은 차용할 필요는 있다고 봅니다. 다만 프로덕션이 주(主)가 되면 안 되고 서포트의 느낌으로 가야 되는 것이지요.

기획자의 역할이 중요한 것은 사실이지만 극단 내에서 기획자의 목소리가 너무 커지면 극단이 기존에 가졌던 목적이 상실된다고 생각합니다. 아예 방향을 그렇게 튼다면 상관이 없지만 선배들이 했던 극단의 정체성을 유지하면서 프로덕션의 색깔을 강하게 넣는다는 게 위험 할 수 있다는 의견입니다.

소극장협회 협회장이시니 그와 관련된 질문을 드리겠습니다. 2010년 이후 대학로는 젠트리피케이션으로 몸살을 앓고 있습니다. 2015년에 대학로극장 폐관이 굉장히 상징적이고요. 현재 상황이 어떤지 묻고 싶습니다.

지금 현시점을 기준으로 대학로에는 150개가 넘는 공연장이 있습니다.

전세계적으로도 유례가 없는 사실입니다. 어떻게 보면 말도 안 되는 현상이죠. 너무 많아요. 정부에서 계속 지원을 해주고 동시에 전세계에서 관객들이 몰려오지 않는 이상 구조 자체가 이미 너무 힘든 상태입니다. 젠트리피케이션을 이야기하셨으니까 정확한 숫자로 현재 월세에 대해 말씀드리면 현재 평균 월 450에서 500만 원의 월세를 감당해야 하는 현실입니다. 150석 이상 되는 극장의 경우는 한 달 월세가 천만 원이고요. 소극장 대부분이 지하에 있는데, 지하인데도 월세가 이 정도입니다. 커피숍이나 다른 업종이 들어오면 당연히 그 가격대로 안 받을 텐데 이상하게 극장이 들어온다고 하면 이렇게 월세가 터무니없이 높습니다. 1980년대 말 이후 공연장들이 막 생기고 돈을 버는 공연도 생기면서 연극을 아직도 돈이 되는 업종으로 여겨서 그런 것 같아요.

솔직히 지금, 생각보다 상황이 좋지 않습니다. 그 유명한 연우 소극장도 몇 번 없어지려고 하는 걸 연우무대 대표님의 의지와 저희 협회의 지원으로 겨우 버티고 있으니까요.

구체적인 수치를 들으니 솔직히 아찔합니다.

현재 이러한 이유로 정부나 연극 관련 협회에서 지원을 다각도로 하고 있습니다. 물론 현재 협회의 장(長)을 맡고 계시니 말씀하시기 조심스러우시겠지만 현재 지원제도를 어떤 식으로 보완하면 더 좋아질 것으로 생각하시는지요?

지원금 말고 직접 지원 사업으로 바꾸면 어떨까 싶어요.

연극하는 분들을 기준으로 3년 차부터 전업 직업인으로 인정해서 3년 차부터 한 달에 30만 원, 5년 차는 50만 원, 10년 차는 100만 원 이런 식으로 기본소득처럼 직접 지원을 하는 겁니다. 대신 경력인정 기준을 엄하게 해서 진짜 예술가를 잔인하게 뽑고요.

지금도 인간문화재 같은 분들은 매달 일정 금액을 직접 지원해 주고 있지 않습니까. 이렇게 연극인들에게 직접지원을 하는 게 작품 하나 할 때마다 작품 지원금을 각 극단들에게 선심 쓰듯이 주는 것보다 오히려 돈이 덜 듭니다. 지금 예산의 반만 잘라도 충분하다고 생각해요. 그렇게 직접 지원을 받으면 연극인들이 결과물을 알아서 충분히 내놓을 수 있을 겁니다. 그리고 극장에는 특성화 극장 지원 사업을 확대하는 겁니다.

지금 특히 극장을 10년 이상 유지한다는 건 정말 굉장한 겁니다. 그 정도면 문화예술적 관점에서 공공재라고 볼 수도 있다고 봐요. 그러니 국가에서 보존하는 의미에서 극장을 보다 더 전폭적으로 지원해주는 겁니다. 지금 극단이 없어져서 극장에 공연이 없는 게 아니라 극장이 없어져서 극단이 공연을 못하는 모양새니까요.

또 다른 관점에서 생각하면 연극을 한다고 이제 굳이 대학로를 고집할 필요도 없어 보입니다. 사실 지금도 그렇지만 그전부터 '탈대학로'에 대한 시도가 있었습니다. 박장렬 대표님의 극단 반을 비롯해서 몇몇 극단들이 연합하여 대학로를 벗어나 다른 곳에서 '제2의 대학로'를 꿈꾸며 터전을 삼으려고 시도를 했었지요. 그 당시 시도는 여러 가지 이유로 진행이 멈춰지고 지지부진해졌지만 앞으로는 점점 더 흔히 말하는 '오프-대학로' '오프-오프 대학로' 조차도 벗어난 다양한 곳에서 극장과 극단들이 생겨나지 않을까 생각합니다.

지금도 기억이 납니다만 협회장님께서는 이러한 문제를 인식하시고 이미 전부터 대학로가 아닌 다른 곳에서 새롭게 연극의 씨앗을 뿌리려고 하셨습니다. (필자는 예전 극단 동숭무대 단원이었다)

제가 협회장님 극단인 동숭무대에 있었을 때 (2012년) 미아리에서 미아리 마을극장을 하셨는데요. 당시 그 동네 지역분들께서 굉장히 큰 호응을 보여주셨던 기억이 납니다.

새로운 도전이었지요.

솔직히 당시 한계를 느끼고 있었던 때였습니다.

동숭무대 소극장이 원래는 단원들을 위한 공간으로 만든 것이고 공연뿐만 아니라 평소에 와서 훈련도 하고 단원들끼리 모여서 놀라고 만든 곳이었는데 경제적으로 힘드니까 어느 순간 외부에 대관을 점점 많이 주게 되고 그러면서 내 극장인데 마치 남의 것처럼 낯설고 괜히 극장에 가기 싫어지더라고요. 권태기라고 해야 하나 심적으로 지쳤을 때입니다. 어떻게 보면 도피였고 또 어떻게 보면 살고자 하는 의지 같아요. (웃음)

4호선 미아삼거리역 숭인시장 상가 건물 지하에 미아리 마을극장을 만들었습니다. 진짜 처음에는 연습실로 시작했고 조명기도 깡통 재활용해서 쓰고 난방기도 따로 없어서 21세기 서울 한복판에서 장작을 패서 불 때고 그렇게 소박하게(?) 시작했지요.

그렇게 지역주민들 앞에서 공연을 선보였는데 너무나 좋아하시는 거예요. 공연 보시고는 고맙다고 바로 옆 슈퍼에서는 공연을 하면 술을 공짜로 막 줬어요. 덕분에 그 때는 술 못 먹을 걱정은 없었죠. (웃음)

근처 대형마트에서는 마트 점장이 공연 보고 나중에 그냥 과자랑 먹을 걸 또 그냥 공짜로 줬어요. 이렇게 응원들을 해주시니까 힘을 얻어서 나중에 '미아리 난장'이라고 연극 축제를 했거든요. 그때 상인 시장분들이 좋아라 하시면서 용돈 하라고 10만 원도 주시고 그랬지요.

지역분들이 그렇게 크게 성원해주시다니 정말 크게 감동을 받으셨겠습니다.

행복했죠. 저절로 힘이 막 나고요

시장 옆에 또 아파트 단지가 있거든요.

공연하면 아파트 주민들이 슬리퍼 신고 편하게 나와서 집 앞에 이런 게 있는 건 행운이라며 언제 또 공연하냐고 묻고 많이 응원해주셨어요.

그 덕에 2달 동안 '연극 릴레이'라고 해서 낮에는 연습하고 신체훈련도 하고 밤에는 계속 공연을 했습니다. 그때 막 극단에 들어왔던 단원들이 훈련이 많이 되었었죠.

그렇게 미아리 숭인시장에 연극이라는 문화를 개척하셨는데 결국 나오게 되십니다.

어쩔 수 없죠. 나가라면 나가야죠 뭐. (웃음)

그래도 아쉬워요. 6년을 있었거든요. 1~2년도 아니고 무려 6년을 있었는데 너무 한 번에 허무하게 쫓겨나 버렸어요. 그때 지역분들께서 탄원서도 써주시고 끝까지 저희 편에 서서 싸워주셨는데 그래서 더 고맙고 미안한 마음입니다.

관련 지자체에서 도움 같은 건 없었나요? 지금은 지역밀착형 문화사업이라고 해서 오히려 그런 극단이나 단체를 지자체에서 반기는 분위기도 있는 것 같은데요.

지금 같은 지역밀착형 문화사업 같은 게 생기기 딱 직전이었어요!

그때는 지원이 없었죠. 미아리니까 관할 구역이 강북구였는데 당시 강북구청 가서 많이 하소연도 해봤지만 관심이 아예 그냥 하나도 없더군요. 지금은 또 위에서 관심을 가지니까 갑자기 너도나도 달려드는 것 같긴 하더라고요. 제 팔자죠 뭐. (웃음)

협회장님께서는 미아리뿐만 아니라 강원도 홍천에도 지역 연극 축제를 기획하셨습니다. (2015년)
홍천 이야기도 빼놓을 수 없죠.

우연한 기회에 홍천에 가게 되었는데 거기서 그전에는 없던 연극 축제를 만들게 되었어
요. 단원들이랑 무려 43일간 숙식을 같이 하며 연극 축제를 만들었죠. 그 당시 홍천에서
가장 큰 지역 축제가 매년 열리는 옥수수 축제인데 공교롭게 저희가 주최한 연극제랑
시기가 겹쳤어요. 그런데 홍천군수가 옥수수 축제를 안 가고 우리 연극제에 올 정도로
호응이 대단했었습니다. 사실 그때 제가 여러 가지 아이디어를 냈거든요. 그중에 하
나가 연극 캠핑장이었어요. 강원도니까 가족끼리 캠핑하러 많이 오니까 폐교 하나를 개
조해서 운동장에서 캠핑을 하고 바로 앞 건물에서 공연을 하는 식으로 새로운 사업을
하자고 했지요. 원래는 대학로극장 정재진 선생님께 같이 하자고 부탁을 드릴 생각이었
는데 선생님께서 만종리에 가셔서 말씀을 미처 못 드렸지요.

그 당시 저도 극단에 있었지만 동시에 성신여대역 근처에 따로 연습실을 마련해서 단원들이
마음껏 연습하고 가끔 술도 마실 수 있는 공간을 마련해주셨죠. (지금 현재는 성신여대 연습실을 사
용하고 있지 않다)

아까도 말했지만 동숭무대 소극장도 그렇고 성신여대 연습실 다 단원들을 위해 만든
거예요. 극단이 오래가고 나름의 정체성을 유지하려면 어쨌든 단원들이 꾸준하게 만나

고 교류하며 같이 고민하는 공간이 필요하니까요.

성신여대 연습실도 제가 당시 몰던 차를 팔아서 보증금을 내고 월세는 단원들이 십시일 반해서 내는 형태로 무리를 해서라도 저는 그 공간을 만들어주려고 했습니다. 와서 연습도 하고 신체훈련도 하고 희곡도 읽고 하다못해 가끔 술도 마시고 놀라고요.

그런데 지금은 의미가 없는 것 같아요. 저도 이제는 따로 연습실을 구해준다거나 하지 않으려 합니다. 아까도 말했지만 다들 모이지를 않아요. 아르바이트를 해야 하니까요. 성신여대 연습실도 그렇게 시간 되면 와서 뭐라도 하라고 했는데 나중에는 아무도 안 찾아오더라고요.

생각해보니 당시에 대표님께서 잊을만하면 그렇게 이야기하셨던 것이 기억납니다. 저도 다시 한 번 죄송하다는 말씀을 드리겠습니다. (웃음)

후배 연극인들에게 혹시 또 조언해주시고 싶으신 말씀이 있으실까요?

지금 극단에 오는 후배들은 거의 대부분 배우를 지망하는 친구들이니까 그 친구들에게 몇 마디 하자면 극단은 배우가 돼서 와야 하는 곳이라는 겁니다. 여기 와서 배우가 되려고 하지 않았으면 좋겠어요. 그 얘기는 또 다른 말로 하면 평소에 꾸준히 공부를 하라는 겁니다. 아르바이트 하는 거 이해합니다. 저도 그걸 뭐라고 하고 싶지는 않아요. 대신 아르바이트 끝나고 집에서, 아니면 가는 길에 지하철에서라도 핸드폰으로 게임을 하지 말고 희곡집 하나라도 더 읽으라는 말입니다. 또 한 가지는 연극하는 곳이 대학로가 다가 아니라는 겁니다. 소극장협회장으로서 전국적인 단위로 바라보면 지금 서울이 아닌 지역은 단순히 젊은 배우가 없어서 난리입니다. 진짜 그냥 배우가 없어요! 지역은 극단 수가 훨씬 적기에 오히려 서울보다 지원금을 더 크게 받아 풍족한 편이기도 합니다. 그런데 그냥 사람이 없습니다! 굳이 대학로 안에서만 아웅다웅할 필요가 없다는 말을 해주고 싶습니다.

현실적인 뼈가 되고 살이 되는 조언해주셔서 감사드립니다.

마지막으로 협회장님께서 현재 가지고 계신 꿈이나 목표가 있으시다면 어떤 것이 있으신지 여쭙고 싶습니다.

다음 세대 연극인들이 예술할 수 있는 환경을 만드는 것입니다.

그런 의미에서 제 극단인 극단 동숭무대도 단원들에게 최선을 다할 것이고 현재 맡고 있는 소극장협회일도 최선을 다할 생각입니다.

감사합니다. 협회장님께서 그렇게 말씀해주시니 정말 든든합니다.

언제나 변함없이 후배 연극인들을 위해 건강하시길 바랍니다.

맺으며

　희곡은 시(詩)와 함께 인류 역사상 가장 오래된 문학이다.

　고대 그리스에서 행해졌던 연극제가 디오니소스 신(神)을 찬양하는 축제 때 행해졌듯이 원래 신에게 바치는 노래였다.

　희곡과 연극은 태생부터 축제이자 즐거움이었던 것이다!

　그리고 지금까지 소포클레스, 몰리에르, 셰익스피어, 체홉, 새뮤얼 베케트 같은 작가들에 의해 '연극'이라는 축제는 계속되고 있다.

　서울 종로 대학로 소극장 거리.

　어두운 지하 무대 위에 오늘도 수많은 영혼들이 무대 위에 오르고 내려온다.

　'사느냐 죽느냐'를 중얼거리는 햄릿.

　공(公)과 사(私) 사이에서 괴로워하는 안티고네와 크레온.

　어머니를 증오하는 엘렉트라가 있는 반면

　어머니와 육체적 사랑을 나누고 느릅나무 밑에 누워 있는 에번도 눈에 띈다.

　그 나무 바로 앞에서 고도를 기다리는 두 남자가 있고

　알런이라는 소년은 말[馬]의 눈을 찌르고 있다.

　인형의 집에서 노라가 나오고 있고

　몰락한 귀족 부인과 그 가족들은 벚꽃 동산을 노래하며 옛집으로 돌아오고 있다.

집 안에서는 누가 버지니아 울프를 두려워하겠냐며 다투는 소리가 들린다.

영국식 스타일에 영국식 매너로 영국식으로 대화하는 스미스와 마틴 부부도 눈에 들어온다.

칠수와 만수도 눈에 띄고

북어 대가리를 쳐다보며 친구 기임을 기다리는 자앙의 모습도 보인다.

이들에게 주어진 시간은 길어야 2시간, 정말 많아봤자 3시간 남짓이다.

언젠가 다시 다른 곳에서 만날 수도 있겠지만

이들과 만나는 시간은 어쩌면 처음이자 마지막일 수 있다.

부디 마지막이 아니길…….

대학로는 변화하고 있다.

시대의 변화에 따라 대학로라는 공간이 변화하는 것은 거스를 수 없을 것이다.

하지만 대학로라는 그 소극장 거리의 '영혼'만은 변치 않기를 희망한다.

연극을 사랑하는 한 사람으로서 대학로가 영원하기를 빈다.

2021. 이민우

[참고문헌]

- 《연우 30년, 창작극 개발의 여정》, 연우무대 엮음, 한울
- 《지금 여기 변화하는 자유로움, 극단 작은신화 30년》, 극단 작은신화 엮음, 북스토리
- 《김민기》, 김창남 엮음, 한울
- 《동양극장의 연극인들》, 김영무 지음, 동문선
- 《오후의 서울 산책》, 오세훈 지음, 미디어윌
- 《다시, 서울을 걷다》, 권기봉 지음, 알마
- 《사라진 서울 '20세기 초 서울 사람들의 서울 회상기'》, 강명관 풀어 엮음, 푸른역사
- 《영화가 사랑한 서울 촬영지 100선》, 서울영상위원회
- 《아지트 인 서울》, 이근희·전영미·민금채·박정선, 랜덤하우스
- 《서울의 밤문화》, 김중식 지음, 생각의나무
- 《한국 연극의 지형학》, 안치운 지음, 문학과지성사
- 〈1970년대 극장과 연극문화〉, 정호순, 《한국극예술연구》 26호, 2007
- 〈극단의 위기 그리고 진화–극단 가교〉, 이동준, 《한국연극》, 2016. 12월
- 〈극단의 위기 그리고 진화–극단 동숭무대〉, 이동준, 《한국연극》, 2017. 5월
- 〈극단의 위기 그리고 진화–극단 민예〉, 이동준, 《한국연극》, 2017. 4월
- 〈극단의 위기 그리고 진화–극단 지즐〉, 이동준, 《한국연극》, 2016. 7월
- 〈소극장 환경의 변화〉, 김소연, 《연극평론》 통권 75호, 2014년 겨울
- 〈게릴라극장 운영 사례〉, 김소희, 《연극평론》 통권 75호, 2014년 겨울
- 〈우리 시대 연극장 3. 연우소극장–한국연극의 양산박: 연우소극장 약사(略史)〉, 백두산,
《공연과이론》, 2018 가을호

- 〈우리 시대 연극장 3. 연우소극장-기록으로 남을 명실상부한 창작극의 산실〉, 배선애, 《공연과이론》, 2018 가을호
- 〈우리 시대 연극장 6. 학전블루소극장-대학로 소극장의 반(反)공간, 학전 소극장〉, 양세라, 《공연과이론》, 2019년 여름호
- 〈우리 시대 연극장 1. 연극실험실 혜화동 1번지-연극실험실 혜화동 1번지 소극장 약사(略史)〉, 백두산, 《공연과이론》, 2018년 봄호
- 〈우리 시대 연극장 1. 연극실험실 혜화동 1번지-연극실험실 혜화동 1번지는 연극계에 어떻게 기여, 복무해왔는가〉, 구자혜, 《공연과이론》, 2018년 봄호
- 〈우리 시대 연극장 2. 선돌극장-선돌극장 공연사〉, 박상준, 《공연과이론》, 2018 여름호
- 〈잇따른 대학로 소극장 폐관과 연극생태계의 위기 : 연극계에 '독'이 아닌 '득' 되는 문화정책을〉, 장지영, 《문화+서울》, 2015년 5월호
- 〈대학로 소극장 연극 현황과 극장 활성화 방안 연구〉, 노윤갑, 서울시립대학교 도시과학대학원:공연행정학과 학위논문(석사), 2007
- 〈대학로의 문화 예술 공간으로의 구축에 관한 연구〉, 양은아, 서울대학교 대학원:협동과정미술경영, 2017
- 〈문화지구지정의 문화 및 장소에 미치는 영향: 대학로 문화지구를 중심으로〉, 이보희, 단국대학교 대중문화예술대학원:문화관리학과 문화행정·정책·기획전공 학위논문(석사), 2008

이민우

오픈런
대학로

인쇄 2021년 11월 15일
발행 2021년 11월 25일

지은이 이민우
발행인 이노나
펴낸곳 인문엠앤비
주소 서울특별시 종로구 북촌로4길 19, 404호(계동, 신영빌딩)
전화 010-8208-6513
이메일 inmoonmnb@hanmail.net
출판등록 제2020-000076호

ISBN 979-11-91478-06-8 03810

값 15,000원